괜찮다,
괜찮다

괜찮다, 괜찮다

1판 1쇄 발행 ┃ 2017년 7월 15일
지은이 ┃ 정순진
발행인 ┃ 이선우
펴낸곳 ┃ 도서출판 선우미디어

　　　　등록 ┃ 1997. 8. 7 제305-2014-000020
　　　　02643 서울시 동대문구 장한로12길 40, 101동 203호
　　　　☎ 2272-3351, 3352 팩스: 2272-5540
　　　　sunwoome@hanmail.net
　　　　Printed in Korea ⓒ 2017. 정순진

값 12,000원

이 도서의 국립중앙도서관 출판예정도서목록(CIP)은 서지정보유통지원시스템
홈페이지(http://seoji.nl.go.kr)와 국가자료공동목록시스템(http://www.nl.go.kr/kolisnet)에서
이용하실 수 있습니다.(CIP제어번호: CIP2016013511)

ISBN 978-89-5658-527-7 03810
ISBN 978-89-5658-528-4 05810(PDF)
ISBN 978-89-5658-529-1 05810(E-PUB)

괜찮다, 괜찮다

정순진 에세이

선우미디어

여는 글

나는 어둠으로부터 왔다
세상 만물이 하나로 연결되어 있는 어둠,
저마다의 개성과 특색이 묻히고
존재와 비존재까지 함께 있는 품 넓은 어둠으로부터 왔다
어둠 속에서 맺히고 뿌려지고 성장했다
어둠 속에 있을 때 편안했다

나는 빛으로부터 왔다
어둠이 열리고 하늘과 땅을 가르는 찬란한 빛,
숲과 나무를 가르고
꽃과 열매를 가르고
너와 나를 가르는 빛으로부터 왔다
찬란하고 영롱하고 반짝이는 빛의 세계,
그 빛이 그립다

나는 대전의 산하에서 왔다

큰 밭, 어떤 씨앗이든 떨어지면

길러내는 품 너른 대전

대전천 물에 미역 감고, 얼음배 타고, 빨래하며

보문산을 바라보고 보문산을 걷고 보문산 품에 안겨

대전의 오래된 골목을 걷고 걸어 여기까지 왔다

나는 학교교육으로부터 왔다

학교 가는 게 제일 좋아

눈만 뜨면 학교로 달려갔고

일요일에도 빈 교실에 혼자 앉아 있기를 좋아했고

책읽기도 노래하기도 글쓰기도 춤추기도 그림그리기도

예의도 상식도 우정도 사랑도 모두 학교에서 배웠다

나는 불교학생회로부터 왔다

어둠이 내리면

스르륵 처마가 내려와 사람을 집어올릴까봐 겁나던

심광사 지붕 밑을 겁 없이 드나들면서

염불과 참선을 맛보고, 반야심경을 외우면서
모든 존재에는 불성이 있다는 무한긍정의 그 세계로부터 왔다

나는 천주교로부터 왔다
죽은 사람 소원도 들어준다는데
함께 사는 시어머니 소원 들어주자, 결심하고 나가기 시작한
성당
종, 죄인이라는 말에 오래 거부감 느꼈으나
풍토가 다르면 사용하는 말이 다를 뿐
예수가 이 땅에 와서 한 일은
어둡고 소외된 사람들의 친구가 되어준 일,
내가 예수가 되는 일이
내가 부처가 되는 일과 다르지 않음을 알게 된 뒤
불교와 천주교가 하나도 아니고 둘도 아님을 믿는다

나는 책으로부터 왔다
책 읽으며 자랐고
책 읽으며 놀았고

책 읽으며 사랑했고

책 읽으며 꿈꿨고

책 읽으며 글을 썼고

책 읽으며 밥 먹었고

책 읽으며 행복했다

평생 제일 많이 한 일도 책 읽기

평생 제일 좋아한 일도 책 읽기

평생 제일 잘한 일도 책 읽기

그러나 이제 몸은 책 읽기를 그만 두라 한다

책을 덮고

사람을 읽고

새소리를 읽고

하늘을 읽고

별을 읽으라 한다

햇살을, 달빛을, 바람을, 어둠을, 빗방울을,

2017년 오월, 노을채에서

차례

괜찮다,
괜찮다

3부 외국인 노동자

4부 순례기

1부

여자의 그림자

안드레아의 춤

-안셀름 그륀 풍으로*

미사 중에 장내가 술렁였다.

무슨 일인가 싶어 아래층을 내려다보자 누군가 제대 앞에서 춤을 추고 있다. 안드레아이다. 성모님께 바치는 특별음악이 연주되자 벌떡 일어선 안드레아, 제대 앞으로 나와 춤을 봉헌하는 것이다. 정성을 다해 팔을 벌려 두 손을 앞으로 모은다. 무릎을 반쯤 구부렸다 다시 펴 손을 시원하게 하늘로 높이 뻗는다. 그리곤 한 바퀴 돈다. 단순한 동작이지만 진지하고 지극하다. 술렁임은 멎고 모두들 음악에 따라 추썩이는 즉흥 춤을 주시했다.

그는 성모님을 찬송하는 기쁨이 너무 커서 도저히 그대로 앉아 있을 수가 없어서 일어났을 것이다. 기쁨이 온몸에 가득 차자 모든 것을 잊고 저절로 몸을 움직이는 것이다. 남에게 멋진 춤동작을 보이려는 것도 아니고, 어떤 목적을 이루려는 것도 아니고, 그냥 춘다. 음악에 몸을 내맡긴 채 완전히 몰입되어 있다. '오직 존재의 불꽃만이 활발발 일하는 시간**', 그는 성모님 앞에 바쳐진 불꽃이다.

이사해서 성당을 이곳으로 옮기고 처음 눈에 익힌 교우가 안드레아이다. 그는 언제나 먼저 웃으며 인사한다. 활짝 웃는 그의 얼굴을 보면 누구라도 웃지 않을 수 없다. 또한 어디에 앉아 있건 그의 노랫소리를 듣게 된다. 음정은 좀 틀리지만 박자와 가사는 정확하고 무엇보다 목청 높여 성심성의껏 부른다. 첫 소절부터 마지막 소절까지, 앉아서도 일어나서도 제대 앞으로 걸어 나가면서도 찬송을 멈추는 법이 없다.

아, 나도 그를 닮고 싶다.

박자와 가사는 정확한데 음정이 좀 흔들리는 건 우리 둘이 비슷하다. 하지만 그가 웃음이 많은 반면 난 생각만 많다. 그는 매 순간 정성스러우면서도 쾌활하지만 난 아차, 순간을 놓쳐 후회하고 아쉬워한다. 그러느라 또 순간을 놓치는 악순환이 거듭된다. 그는 하느님 일에만 집중하고 즐겁게 몰입하는데 난 세상 잡다한 일에 간섭하느라 겨우 주일만 지키는 신자를 면하지 못하고 있다. 그는 모든 성가를 책 없이 부르지만 난 책을 펴들지 않으면 한 곡도 제대로 따라하지 못한다. 온전히 지금, 이곳에 충실한 그는 기쁨이 가득 차자 그 기쁨을 내뿜느라 온몸을 둥싯거리며 하늘로 날아오르려는 듯 크낙한 몸짓으로 춤추지만 난 부러워만 할 뿐 저절로 따라 일어나 함께 추지 못한다.

기쁨은 온전하게 몰입할 때만 솟아나는 법, 난 그저 기쁨을, 기쁨의 현장을 바라만 보는 사람일 뿐이다. 언제나 가슴을 열어놓고, 누구나 환대하는 대신 모든 걸 머리로 따지고 재다가 필요한 순간에만 가슴을 열리라 다짐하는 나는 언제나 한 발 늦어 기쁨과 하나가 될 기회를 잃고 구경만 할 뿐이다.

무릎을 구부렸다 들어 올리는 발의 움직임이 큼직하다. 그러는 사이에도 어깨는 계속 으쓱거린다. 건들건들, 팔을 너울거리며 흥겹게 돈다. 마음으로 움직이는 몸의 흐름이 넉넉하다.

기쁨은 우리에게 주시는 하느님의 선물.

의인에게도 악인에게도 비를 주시고 햇살을 주시는 분이니 기쁨 또한 우리 모두에게 주시련만 수만 개의 선물을 주시면 무엇하랴. 기쁨의 자리를 걱정으로 채우고 슬픔으로 채우며 주시는 선물도 받지 않고 팽개치는 것을.

현실에선 그를 정신장애우라 하지만 기쁨과 하나가 될 수 있는 능력에 관한 한 그를 따라갈 사람이 없다. 보라, 미사 중에 제대 앞에서 온몸으로 흥청흥청 춤추는 안드레아를. 그는 세상 셈법에는 미숙할지 몰라도 날마다 하늘나라의 선물을 한 아름 받아든다. 기쁨 속에선 모든 것들이 모든 면에서 온전하다.

엉덩이는 들썩거리지만 머리가 계속 안 된다, 안 된다 연발하는 바람에 머리 무게에 눌린 엉덩이가 털썩 주저앉을 때 안드레아는

겸손하게 몸을 추스르고 행복이 가득한 얼굴로 자기 자리로 돌아
간다.

　홀연히, 그 머리 뒤꼭지가 빛난다.

(2011)

*안셀름 그륀의 『사는 것이 즐겁다』에서 받은 영감으로
**이진명의 시 「춤」에서

공기놀이

공깃돌 다섯 개를 모두 위로 던진 뒤 손등으로 받는다. 손등에 공깃돌 다섯 개가 다 얹힌다. 얹는 것도 어렵지만 문제는 그 다음이다. 얹은 공깃돌을 다시 위로 던져 올린 뒤 손을 꺾어 그 돌을 다 잡으려면 공깃돌을 한 곳에 모아야 한다. 숨까지 죽이며 손가락을 쪼옥 펴서 손 자체가 약간 휘어져 오목하게 만든 뒤 꼼지락 꼼지락 움직이며 가운데로 공깃돌을 모은다. 그리곤 공깃돌을 모두 하늘로 올린 뒤 손을 꺾어 잽싸게 떨어지는 공깃돌을 잡아챈다. 저절로 입이 앙다물어진다. 한 알이 바닥에 떨어지고 만다. 순간 짧은 탄식이 흘러나온다. 순식간에 긴장과 흥분, 탄식과 환호가 갈마든다.

정한 동 수를 먼저 나는 사람이 이긴다. 우린 보통 100동 나기를 했다. 다섯 개의 공깃돌을 바닥에 던져 놓고 그 중 한 알을 집어 위로 던져 올리는 동시에 바닥에 있는 네 알 중 한 알을 얼른 집고 내려오는 공깃돌이 바닥에 떨어지기 전에 받아야 하는 첫집기, 공기를 두 알씩 집는 두집기, 세 알과 한 알을 집는 세집기, 손바닥에 다섯 알을 모두 잡고 한 알을 위로 던진 다음 바닥에 네 알을 놓은 뒤 떨어지는 돌을 잡고, 받은 돌을 다시 위로 던져 올리면서 바닥에 있는 네 알을 한꺼번에 쓸어 쥠과 동시에 떨어지는 돌을 받는 막집기가 징검돌처럼 차례를 기다리고 있다. 막을 지나고 나면 고추장을 찍어야 한다. 다섯 알을 모두 한 손에 쥔 채 그 중 한 알을 위로 던져 올린 뒤 검지로 고추장을 찍는 시늉을 낸 뒤 내려오는 공깃돌을 받는데 어렵게 하기 위해 고추장 찍는 길이가 한 뼘이 넘어야 된다고 정하기도 했다. 맨 마지막이 자세다. 꺾어서 받은 돌의 수에 따라 동 수를 계산했다. 돌을 집을 때 옆의 돌을 건드리거나 내려오는 돌을 잡지 못하면, 자세에서 손등에 돌이 하나도 얹히지 않거나 꺾어서 받을 때 위로 올린 돌을 다 받지 못하면 순서를 넘겨주어야 했다.

참 많이 했다. 옆집에 사는, 생년월일이 같은 친구랑 제일 많이 했지만 혼자도 많이 했다. 밤에 엄마랑 공기놀이하는 걸 좋아했지만 식구가 많은 삼대살림이라 늘 일이 산더미 같은 엄마가 큰딸과 놀아줄 시간은 턱없이 부족했다. 어쩌다 보여주는 엄마의 공기솜씨는 귀신이 혹할 정도였다.

하긴 엄마는 공기 때문에 어릴 때 친구를 사십 년 만에 만나기도 했다. 결혼하고 보니 엄마랑 시어머니랑 고향이 같았다. 연배가 비슷한 시이모를 처음 만난 자리에서 엄마가 물었다. "어릴 적 친구 중에 기억나는 사람 있어요?"

"에구, 사느라 다 잊어먹었지. 한순이라는 이름은 기억에 남아 있는데…"

우리 엄마 이름이 한순이다. 깜짝 놀란 엄마가 그 친구 무얼 기억하느냐고 되묻자 돌아온 대답. "공기를 아주 잘했어. 자세를 할 때 손이 배처럼 휘어져 한꺼번에 늘 다섯 동씩 났지!"

두 분은 얼싸안고 반가워하다 지금도 손이 그렇게 휘어지나 보자고 확인하는 통에 좌중이 웃음바다가 되었다.

다섯 알로 하는 공기놀이가 기량을 겨루는 편이라면 많이공기는 여럿이 편을 갈라 하면서 공깃돌을 따먹는 재미가 있다. 공깃돌을 많이 바닥에 뿌려놓고 한꺼번에 세 알 이상을 집는다. 이때 손바닥에 잡은 공기알을 세어 세 알보다 많은 나머지 공깃돌은 딴 것이다. 바닥에 있는 공깃돌이 거의 없어지면 딴 공기알을 세어서 더 많은 편이 이기는 놀이다.

여자애들은 고무줄넘기나 줄넘기를 많이 했으나 난 어쩐 일인지 해본 기억이 없고 핀 따먹기 놀이도 유행이라 딴 핀을 개선장군 훈장처럼 옷핀에 주르륵 꿰어 가슴에 달고 다니는 애들도 많았으나 그것도 해본 적이 없다. 그저 자그마한 돌멩이 다섯 개를 집었다 놓았다 하는 놀이에만 죽자 사자 매달려 시간을 보냈다.

동생을 업고도 한꺼번에 몇십 동씩 거뜬하게 나던 순희, 엄마가 안 계셔 집안일을 도맡아 하면서도 틈만 나면 쪼르르 달려와 공기하자고 졸라대던 찬순이, 많이공기를 하기만 하면 한 무더기씩 따다놓던 근진이… 다들 어디서 무얼 하며 살고 있을까?

　지금도 반들반들한 돌이 보이면 무심코 줍는다. 나중에 보면 공깃돌하기에 딱 좋은 크기다. 내 몸은 아직도 공기놀이를 하던 어린 시절을 기억하고 있는 게 틀림없다.

(2011)

내팽개친 선물

수련이 피기 시작한 초여름, 울퉁불퉁 주름진 연잎이 나타났다. 병들었나, 생각했다. 며칠 뒤에 보니 그 잎이 멋대가리 없이 커졌다. 병든 건 아닌 듯해 돌연변이인가 싶었다.

연이 두 포기, 수련이 여덟 포기 자라는 연못은 자연 못이 아니라 콘크리트로 마감한 인공 못이다. 수련이나 연도 직접 흙바닥에 뿌리를 내린 게 아니고 분에 심겨 있다. 어찌 무성하게 자라는지 분을 꺼내 뿌리의 반은 캐내 버리고 퇴비를 넣어주는 일이 봄을 맞는 우리 집 첫 행사이다.

수련은 꽃 핀 지 삼 일만 지나면 물속에 고개를 박아버린다. 추한 모습은 보이지 않겠다는 의지가 참 결연하다. 물속에서 썩어 가는 시든 꽃과 잎을 따느라 쭈글쭈글한 연잎이 뒤집혔는데 보기만 해도 무서운 뾰족뾰족한 가시가 수도 없이 났다. 그러고 보니 울퉁불퉁한 표면에도 가시가 많았다. 못 본 사이 그런 연잎이 몇 개 늘었다.

주름진 연잎을 뚫고 꽃대가 불끈 올라왔는데 이 녀석도 가시투성이다. 제가 제 잎을 뚫다니 안쓰러웠다. 이파리는 연못이 좁다고 아우성치듯 면적을 넓혀갔다.

꽃은 아주 볼품없었다. 그렇게 이파리가 크니 소담스런 꽃이 필 거라 기대했던 모양이다. 정교한 수련과 크고 우아한 연꽃 사이에서 가시투성이 꽃대에 매달려 벌어지다 만 보라색 혹덩어리는 꽃이라 하기엔 민망하고 괴이쩍었다.

남편은 군데군데 누릇누릇하고 갈라진 채 계속 연못을 덮어가는 수상한 돌연변이 연잎을 싫어했다. 그래도 꽃은 어떤지 궁금해 기다렸는데 꽃마저 괴기하자 없애자고 했다. 나도 열 개의 분에서 나온 잎과 꽃이 서로 어우러져 살아가는 곳에서 혼자 물 표면을 다 차지하려는 듯 기세를 넓혀가는 가시와 주름투성이의 연이 못마땅했다. 우린 모처럼 의기투합해 가시에 찔려가면서도 그 큰 잎을 모조리 가려내 잘라 버렸다.

초록이 자취도 없이 사라진 늦가을, 식물도감을 보다 기겁했다. 사진 속의 꽃이 더 크긴 하지만 우리가 애써서 없앤 그 꽃과 비슷했다. 이파리를 보자 똑같았다.

아니, 그럼 그 귀하다는 가시연꽃!

그랬다. 백 년에 한 번 피어서 그 꽃을 보기만 해도 행운이 온다는, 1속 1종만 있어 귀하다는, 꽃말이 청순한 마음이라는, 멸종위기에 놓여 있어 보전우선순위 1순위라는 가시연꽃을 사투라도 벌이듯 낑낑대며 없애 버린 것이다.

아무리 귀한 선물을 줘도 받는 사람 안목이 형편없으면 이런 꼴 나고 만다.

지금도 우리는 모른다. 그 가시연이 어떻게 우리에게 왔는지. 우리가 아는 건 다만 보전 1순위라는 존재를 우리가 나서서 무참하게 무질러 버렸다는 것, 아니 무지른 게 아니라 무찔러 버렸다는 것. 무식하면 용감하다더니!

식물도감에서 가시연꽃을 본 적이 없는 것도 아니다. 그런데도 정작 가시연이 내게로 왔을 때는 알아보지 못했다. 책에서는 꽃을 크게 확대해서 보여주기 때문에 실제 크기를 가늠할 수 없었다. 꽃은 책에서 보다 훨씬 작았고, 잎은 훨씬 컸다.

처음 동물원에 갔을 때 놀라던 딸아이가 떠오른다. 기린이나 사자나 토끼가 비슷한 크기로 그려진 책만 보다가 정작 실물을 대하고는 어리둥절해하며 아니라고 울던 모습. 책과 실물의 차이, 이미지와 실재의 차이. 오십 년 동안 수없이 겪고도 여전히 그 차이를 뛰어넘지 못하고 책에만 갇혀있는 아둔한 어리보기.

무식보다 더 큰 문제는 고갈된 상상력이다. 어느 날 가시연이 내가 발 딛고 노니는 뜨락의 연못에 찾아올 수도 있다는 건 상상조차 해본 적이 없기에, 와서 자신의 전 존재를 보여주어도 알아보기는커녕 존재 자체를 파내 없애버린 것 아닌가. 그 행위의 중심엔 내 소유의 땅엔 내가 심고 가꾸는 풀만 자랄 수 있다는, 아니 자라야 한다는 말도 안 되는 오만이 자리하고 있었던 거다. 땅은 언제 어떤 씨앗이 날아와도 다 품어서 키워내는 것을. 그런 땅에서 나서 땅으로 돌아가는 존재이면서도 어찌 그리 땅의 원리를 외면하는지. 내 힘으로 작동하는 것처럼 보이는 먼지보다 작은 세계를 우주의 전부로 여기다니, 우물 안 개구리가 코웃음 칠 일이다.

아흐, 얍삽하고도 얍삽한 자신에게 실망하여 한숨이 신음처럼 터진다.

자본주의 사회에서는 선물을 물건으로만 생각해 비슷한 가치를 지닌 물건으로 보답하는 걸 예의로 여긴다. 이른바 교환의 세계. 요즘엔 아예 물건도 귀찮다며 돈을 주고받는다. 그러나 선물은 가치가 한정되어 있는 물건이 아니다. 물건을 매개로 사람과 사람 사이에 오가는 어떤 정신적인 에너지이다. 하물며 자연에게 받은 선물임에랴. 화수분을 받아놓고도 투박하고 못생긴 그릇이라고 내팽개쳐 깨버렸으니….

받아 놓고 선물인지도 모르고 내팽개친 존재가 어디 가시연뿐이겠는가.

(2012)

여자의 그림자

계속 먹어댄다. 잠시도 쉬지 않고 손을 입으로 가져간다. 그 여자 앞에는 빈 그릇이 수북이 쌓인다. 아귀아귀 먹어대는 것도 분수가 있지 곧 나가떨어질 법도 한데 배가 둥글게 부풀어 오를 때까지 폭풍 흡입한다. 상 위에 있는 모든 그릇을 깨끗이 비웠다. 갑자기 벌떡 일어선 여자, 몇 발자국 못 떼고 기어이 위액과 뒤섞인 음식물을 게워낸다. 철푸덕 주저앉아 꺼억꺼억 소리 내어 울다 게우다 울다 게우다를 반복하다 한옆으로 쓰러진다. 점점 쪼그라들어 어둠과 하나가 되는 여자.

긴 머리를 뽀글뽀글 지진 채 찢어진 청바지를 입은 여자가 정신없이 춤추고 있다. 발을 구르기도 하고 리듬에 따라 펄쩍펄쩍 뛰기도 하다 빙그르르 돈다. 풀썩 넘어질 것 같은데 용케도 넘어지지 않은 채 허리를 유연하게 구부렸다 폈다 하면서 두 손을 허공

높이 들어 올린 채 마구 흔든다. 성난 파도가 들이닥치는 듯도 하고 말이 냅다 달려가는 것도 같다. 머리카락이 젖고 땀이 연신 눈으로 흘러드는데도 아랑곳하지 않고 계속 몸을 흔든다. 기운이 달리는지 춤동작이 느려진다. 고전무용이라도 하듯 두 팔을 부드럽게 펼쳐 좌우로 구부렸다 폈다 하며 추썩댄다. 간간이 숨을 몰아쉬면서도 끝내려는 조짐은 없다. 기운이 다할 때까지, 바닥에 쓰러질 때까지 끝장을 보려는 모양이다. 눈, 코, 입도 보이지 않고 얼굴도 알아보기 어렵다. 다시 길길이 뛰는 여자.

비틀거리며 몸을 제대로 가누지 못하면서도 계속 마신다. 멀끔해 보이는 남자가 다가와 술을 권하자 웃으며 함께 어울린다. 플로어에 나가 서로 엉기듯 끌어안고 쓰러질 듯 쓰러질 듯 빙빙 돌아다닌다. 누구에겐가 아무렇지 않다고, 걱정하지 말라고 소리친다. 같이 나가자는 남자의 제안에 반색하며 따라 나선다. 몇 번의 술집을 거치며 마시고 토하고 마시다 울다 웃다 엎드리다… 눈을 번쩍 뜨니 낯선 곳이다. 머리는 깨질 듯이 아프고 어딜 어떻게 왔는지 전혀 기억하지 못하는 여자.

암 말기 고통에 지쳐 혼수상태에 빠진 여자가 소리 지른다. 누구에게 하는지 모르게 계속 욕을 한다. 차마 입에 담을 수 없는 소리가 이어진다. 남자를 대상으로 하는 게 분명한, 종류가 몇 안 되는 거친 욕설. 애꿎은 개가 연달아 등장하고 강한 쌍시옷이 반복된다. 하루 이틀도 아니고 사흘 내내 욕설을 퍼붓는다. 한평생

꾹꾹 눌러 참아온 욕이 몸 밖으로 방사되는 시간. 부처님 가운데 토막이라는 말을 듣던 여자.

상이 뒤집혀 음식이 쏟아지고 그릇이 나뒹군다. 이렇게는 못 산다, 오냐 너 죽고 나 죽자, 여자는 입에 거품을 물고 악을 쓰며 접시를 힘껏 내동댕이친다. 와장창, 쨍그랑 그릇 깨지는 소리와 새된 비명소리가 동시에 뒤섞인다. 갑자기 깨진 술병을 들어 손목을 긋는 여자. 비린내를 풍기며 뚝뚝 떨어지는 선혈. 쓰러지는 여자의 몸 여기저기 드러나는 보라색 멍.

요염한 모습으로 남자를 홀려 간을 빼먹는 존재. 예쁜 여자만 보면 사족을 못 쓰는 남자들을 차갑게 비웃으며 한두 명도 아니고 백 명이나 되는 남자의 간을 먹고 사람이 되려는 존재. 백 번째 남자의 간을 먹으려다 더러운 정 때문에 천년 동안 품은 소원을 포기하는 존재. 요염과 유혹, 치명적인 매력과 교태 사이에서 아홉 개나 되는 꼬리를 흔들지만 끝내 실패하고 마는 암컷, 구미호.

하얀 옷을 입고 머리는 풀어헤친 채 밤새 밤길을 배회한다. 때론 목이나 가슴에 칼이 꽂힌 채 피를 철철 흘린다. 원한을 품고 죽은 여자. 느닷없는 횡액에 원통하고 억울하게 죽은 여자. 구천을 떠돌며 저주와 재앙, 질병을 가져오는 수많은 귀신들. 오늘도 원과 한을 풀어줄 사람을 찾아 헤맨다.

음습한 욕망, 추악한 상상, 잔인한 행동. 평범하고 조신한 여자의 마음에도 그림자가 살아있다. 그림자가 죽으면 그 사람도 죽는 법, 그림자는 사람이 평생 데리고 살아야 하는 반려자다. 아름다움과 깨끗함, 얌전함을 강조하면 할수록 추하고 더럽게 날뛰는 그림자.

　얼굴도 이름도 없는 널 있는 그대로, 생긴 그대로 받아들여 가슴에 품는다.

(2013)

괜찮다, 괜찮다

　수녀원 뒷동산을 걷다 십자가의 길 12처 밑에 앉았다. 비 오는 가을 숲, 예수님은 발가벗기운 채 매 맞고 찢긴 몸으로 십자가에 못 박혀 내리는 비를 그대로 맞고 있다. 신의 아들이면서 모욕받고 핍박받은 채 상처투성이의 볼품없는 모습으로 전시되어 있다.

　수북하게 쌓인 나뭇잎, 썩는 내음이 코끝을 스친다. 쭈그려 앉아 쌓인 나뭇잎들을 찬찬히 바라보자 노랑, 빨강 등 색이 고운 나뭇잎도 몇 있지만 대개는 밋밋한 갈색으로 찢어지고 벌레 먹은 잎 투성이다. 부서진 상수리 깍정이 하나 집어들어 어루만지는데 느닷없이 눈물이 흐른다.

　한 해 내내 쫓기듯 살았다. 해도 해도 책상 위엔 늘 내 손길을 기다리는 일감이 쌓여 있었다. 나이 드니까 일을 처리하는 속도가 떨어진다는 걸 절감하면서 무력감이 들었다. 대학의 변화가 요구되며 교과과정이 바뀌고, 변화의 과정에서 다양한 경과조치가 시행되는 걸 따라가는 것만도 버거운데 살아남으려면 교육부의 프로젝트를 수주해 와야 한다며 머리를 짜내길 요구했다. '목숨 걸고 추진한다'는 슬로건을 채택했다며 의기양양하게 웃는 다른 사업단 교수들을 바라보는 마음이 편치 않았다. 그 절박함을 이해하지 못하는 바는 아니지만 대학이 교육부 프로젝트 따는 일에 목숨을 걸어야 하다니….

현재의 상황을 진단하고 대안을 세우며 그 필요성을 설득하는 일이야 그렇다 해도 디지털 기기를 마음먹은 대로 다루며 현란하게 PPT 자료를 만드는 일은 사실 해본 적 없다. 정책 입안자의 마음에 쏙 들 이슈라는 것도 생각해 본 적 없다. 인문학이란 어떻게 사는 것이 사람다운 삶인지를 질문하고 대답하는 일이라며 '세상 일 같은 건 더러워서 버리는 것'이라 치부했던 것이 능력없다는 증거에 지나지 않는다는 생각에 얼굴이 홧홧하기도 했다.

그렇게 일에 치여 지내니 논문 쓰는 일도 힘들었다. 논문을 쓰자면 시간을 통째로 내 작품도 읽고, 자료 논문도 읽으면서 설정한 논지를 일관성 있게 조목조목 증명해야 하는데 시간이 늘 토막나다 보니 잡기만 하고 시도도 하지 못한 논제도 많고, 자료를 모아 쌓아놓기만 한 채 들추어보지도 못하고 학기가 지나가고, 방학이 지나갔다. 더군다나 기대보다 낮은 평가를 받은 강의에 마음을 다쳤다. 교양과목은 예상보다 평가점수가 좋았는데 내내 좋은 평가를 받았던 전공과목 점수가 곤두박질쳤다. 강의평가 점수 낮다고 우울하다던 동료들에게 크게 괘념치 말라고 했던 내 말이 부메랑이 되어 돌아왔는데 내가 당하고 보니 괘념치 않을 수가 없었다. 그것도 위로랍시고 건네다니, 이렇게 속빈 말을. 교양과목보다 훨씬 신경 쓰고, 학생들에게 애정과 시간을 쏟았는데 그걸 몰라주는 전공학생들이 야속하다가 학생들과 호응하지 못하면서도 상호소통이 된다고 믿었던 아둔함에 생각이 미치자 속이 바작바작 탔다.

상수리는 빠져 나가고 쓸모없어진 채 굴러다니다 부서진 깍정이가 마치 자신처럼 느껴졌다. 꽃이 피고 다시 한 해를 기다려 상수리가 크고, 속이 꽉 차고 단단해지기를 기다렸다 높은 가지에서 땅으로 뛰어내린 용감한 상수리들. 깍정이로서 제 몫을 다했다 생각하니 부서진 깍정이가 가상하게 보였다.

생각의 물꼬가 그렇게 트이자 바닥에 널브러져 수북하게 쌓인 채 길을 덮고 있는 이 수많은 나뭇잎들도 자기 할 일을 다 마치고 땅으로 내려온 용감한 친구들로 보인다. 아직 초록빛이 남아 있어도 여기까지야, 하며 내려온 나뭇잎도 반쯤 찢어진 채 비를 맞고 있는 나뭇잎도 온통 갉아 먹혀 잎맥그물만 남은 나뭇잎도 모두 담담하고 의연하다.

가을, 눈부시게 단풍 들지 않아도, 특별히 예쁘지 않아도, 한두 군데씩 부서지고 떨어져 나가도, 뻐끔뻐끔 구멍이 나 있어도, 떨어져 무더기로 쌓여 있어도, 천천히 썩어가도, 수만 수십만의 나뭇잎은 개의치 않는다.

빗방울이 괜찮다, 괜찮다 어깨를 다독인다.

새들도 비를 맞아가면서 괜찮다, 괜찮다 노래한다.

눈물 그렁그렁, 젖은 눈을 들자 예수님도 그렇다, 그렇다 눈짓하신다.

비 내리는 가을 숲속에 오도카니 앉아 땅위로 내려와 빗방울 받아들여 썩어가는 나뭇잎 바라보며 우주의 합창을 듣는다. 괜찮다, 괜찮다, 어느 새 나도 따라 부른다.

(2014)

세상의 스승에게서

나는 책상 가득 쌓아놓은 오래 묵은 책에서 왔다. 문학이 세상의 전부라고 믿던 소녀시절 사모은 책으로부터 와서 문학으로 할 수 있는 게 아무 것도 없으니 내팽개치라고 쏘삭이는 시대와 마주하고 있다. 오래 된 책 냄새, 풀풀 날리는 책 먼지, 먼지보다 작으면서도 살아 있다고 기어다니는 책벌레와 함께 기침을 쿨럭이며 살고 있다. 내가 아는 것이라곤 문학에 대한 쥐꼬리만도 못한 지식나부랭이뿐, 아 그 무능과 무용으로부터 나는 왔다.

나는 엄마에게서 왔다. 태어나자마자 엄마를 잃은, 엄마가 살아 있다는 이유만으로 엄마가 도망간 동무도 무던히 부러워하며 자란 가엾은 소녀에게서 왔다. 가난한데다 폭력이 사나이의 특권이라 믿는 남자의 아내로 살면서 몸이 부서져라 일해서 여섯 자식을 길러낸, 시집 가면 남의 식구 되어버리는 그깟 기집애들을 뭐하러 가르치느라 애쓰느냐는 시댁식구들의 지청구에 마치 귀머거리인 양 아무 대꾸도 하지 않으면서 딸들에게는 공부만 열심히 해라, 이 에미가 무슨 일을 해서든 국립대학교는 보내주마 호언장담하던 엄마에게서 왔다. 난 엄마처럼 살지 않을래 말하면 그래, 너는 나처럼 살지 말아라 대답하던 그 씩씩한, 막내 혼인시키고는 할 일 다 했다는 듯 훌훌 이승을 떠난 엄마에게서 왔다. "세상에 베푼 건 반드시 돌아온단다. 네게 오지 않으면 네 자식에게 돌아온단다." 말씀하신 엄마의 그 가르침에서 왔다.

나는 아버지에게서 왔다. 배운 건 없고 성질은 급해도 남의 어려운 사정 나 몰라라 하지 못했던, 군시절 목숨 구한 상관의 도움으로 말단 순경에서부터 공직을 시작해 체육관 대통령을 뽑을 권한을 가진 무슨 대의원인가 하고 싶어 하다 쥐도 새도 모르게 어딘가에 갇혀 며칠 죽다 살아온 뒤로 참나무에 종균 넣어 표고버섯 길러내던, 남 염장 지르는 소리 잘하던 아버지로부터 왔다. 노래를 잘 하던, 흥이 있던, 눈웃음을 살살 치던, 남들에게는 우스개도 곧잘 하던, 술과 여자를 좋아하던, 급한 성질 따라 이순도 넘기지 않고 다른 세상으로 가신 아버지에게서 왔다.

나는 다섯 동생들에게서 왔다. 누나라면 무엇이든 무작정 믿어주던, 제 몸 바쳐 누날 보호하겠다고 덤비던, 낭만적인, 헌헌장부인 남동생, 동생이자 친구이며 동인이었던, 나의 반쪽으로 여겼던 그러나 나이 마흔에 세상 떠난, 지금 생각해도 아까운 여동생 1호,

중국 사람보다 중국말을 더 잘하는, 오지랖 넓은, 마음 따뜻한, 성질 급한 여동생 2호, 어릴 때도 곤충을 해부하며 놀던, 배짱이 아버지를 똑 닮은, 심장에 관한 한 2인자를 용납치 않는 실력 있는 의사가 된, 욱 하지만 심지 단단한 여동생 3호, 아버지에게 귀여움을 많이 받은 막내인, 노래를 잘하는, 예민한, 손재주가 있는 여동생 4호, 그들의 존경과 믿음, 도움으로부터 왔다.

나는 예순 넘은 남편과 아흔의 어머니와 함께 한 세월에게서 왔다. 40년 세월을 빛바랜 놋주발 닦듯 닦으며 닦으며 왔다. 식이 요법과 운동요법, 119와 투병, 수술, 긴 병수발에서 왔다. 묵언수행의 일인자, 인내의 달인, 옳다고 믿으면 누구의 말도 듣지 않는 오불관언 고집불통, 그러나 순수하고 섬세한, 마음 넓은, 손으로 만드는 건 뭐든지 잘하는, 미적인 감각이 있는, 노래하기를 좋아하는 남편의 사랑과 격려로부터 왔다. 경우가 밝은, 지나치게 겸손한, 귀가 얇은, 걱정이 많은, 그래도 며느리 말이라면 팥으로 메주를 쏜대도 믿는 어머니의 간절한 기도로부터 왔다.

나는 태어나면서부터 듬직한 친구 같은, 잔소리 한 번 할 필요 없었던, 스무 살에 집 떠나 혼자 십 년 넘게 살면서도 씩씩한, 존재만으로도 미더운 딸에게서 왔다. 어린 나이에 죽음의 문턱까지 여러 번 다녀온, 바라볼 수 있다는 것만으로 고마운, 마음이 여린, 속이 깊은 아들에게서 왔다.

나는 콘크리트 부서진 틈새에서도 뿌리를 내리고 꽃을 피워내는 괭이풀, 고들빼기, 강아지풀… 내가 이름도 모르는 수많은 세상의 풀잎, 먼지 몇 점만 있으면 움켜쥐고 뿌리 내려 꽃 피워내는 그 강인함과 묵묵함, 질박함에서 왔다. 우뚝 우뚝 선 채로 수십만 장의 나뭇잎을 틔웠다 물들였다 떨어뜨리며 말없이 수백 년을 살며 새들에게, 벌레들에게 아낌없이 자신을 내주는 나무들에게서 왔다. 찬란한 햇빛과 비와 눈 그리고 거리낌 없이 자유로운 바람아, 어둠 속에서 날마다 몸 바꾸어 나투는 달님에게서 왔다.

　나는, 나의 나됨은, 세상의 스승에게서 왔다.

(2014)

내가 받은 의발(衣鉢)

　방문 두드리는 소리에 고개를 들어보니 퇴임을 앞둔 임 선생님이 웃으며 들어서신다. 우리 학교에 온 첫 여교수라 들었는데 벌써 30년 가까운 세월이 흘러 퇴임을 코앞에 두고 있다.

　아무리 생각해도 이 물건 임자는 정 선생이라며 내미셔 받아보니 남농 그림으로 만든 필통과 접시다. 1985년 여학생회, 1990년 총학생회라 박혀 있는 걸 보니 오랜 세월 선생님 연구실을 지켰던 물건들임에 틀림없다. 약속도 없이 와서 오래 있으면 안 된다며 차 한 잔도 사양하고 총총걸음으로 나가는 분.

　우린 고향도, 학교도 겹치는 게 없고 전공도 전혀 다른 사이다. 그런데도 조교수로 승진했을 때 부러 전화를 걸어 축하해 주셨다. 지나고 보니 전임강사였다 조교수 될 때가 제일 기쁘더라면서. 놀라웠다. 혈연이나 지연이나 학연이 닿지 않는 사람이 친해지기 어려운 사회에서 십 년 이상 연상인 어른이 신참내기 선생에게 먼저 축하인사를 하다니.

학교에 좀더 있어 보니 선생님은 전형적인 모범생 스타일로 부지런하고 원칙을 칼같이 지키고 품위 있게 행동하는 분이라 이름만 들으면 다들 아, 그 분, 하면서 인정하는 분이었다. 닮고 싶긴 했으나 전형적인 건달에 제멋대로인 나로서는 도저히 따라갈 수 없는 거리에 계셨다.

화제畫題는 수지일색水之一色이다. 멀리 보이는 앞산은 불긋불긋하고 가까이 소나무 옆에 선 나무에도 붉은 단풍이 선명하다. 부드럽게 흐르는 선으로 처리된 초가집 두 채 앞에 보이는 밭도 누런 걸 보니 가을임이 분명하다. 집 옆에 있는 남자는 탈곡을 하는 듯하고 물가 조각배 위에 있는 남자는 긴 장대를 들고 뭍에 배를 대려는 순간이다. 먼 강에는 오리 떼가 앉아있고 점점이 산이 떠 있다. 이내라도 낀 걸까, 풍광은 선명하지 않다.

'수지일색'이라? 물은 한 가지 색으로 흐른다(간다)는 뜻인가. 깨끗한 산골물이든 더러운 개굴창물이든 비온 뒤의 흙탕물이든 물과 물이 섞이면 출신과 청탁을 가리지 않고 하나가 되어 흐르지 않던가. 학생들도 그렇다. 명석한 사람, 느린 사람, 예의바른 사람, 설렁설렁한 사람, 꾀보, 어리보기. 수많은 사람이 있지만 그들은 모두 배우러 온 사람. 가르치는 사람은 그들의 차이를 인정하되 차별하지 말고 한 가지 색으로 대하라는 가르침인가보다. 곰살

굳게 다가와 존경을 표시하는 사람과 멀리서 보면 마주치지 않으려고 돌아가는 사람을, 좋다 좋다를 연발하며 가까이 울타리를 만드는 사람과 나쁘다 나쁘다를 연발하며 뒷구석에서 욕하는 사람을 같은 낯빛으로 가르칠 수 있어야 제대로 된 선생이며, 그런 선생이야말로 최고의 도를 체득한 물 같은 선생이라는 뜻인가보다.

달마는 진경眞經과 종이에 쓰여진 경전이 동일하지 않지만 글자라 할지라도 그 뜻을 꿰뚫어 아는 사람은 진경의 참뜻을 알게 된다며 조곤조곤 설명해 준 다음에 천축에서 가져온 붉은 가사와 발우를 전했다는데 선생님은 무슨 까닭으로 말씀은 없이 물건만 전하셨는지. 혼자 몇 년째 이 궁리 저 궁리하며 그 뜻을 헤아려본다.

며칠 전 한문학을 전공한 사람에게 '수지일색'의 의미를 물어보니 '물가의 뛰어난 풍경'이란다. 오호, 통재라. 선무당 사람 잡는다더니.

이제야 알겠다, 선생님의 깊은 뜻. 공연히 넘겨짚지 말고 단순하게 있는 그대로를 보라는 가르침. 물은 물로, 풍경은 풍경으로, 사람은 사람으로.

오늘도 침묵의 일갈을 들으며 혼자 웃는다.

(2015)

봄나물

봄은 냉잇국에서 시작한다. 2월 맑은 햇살 아래 발밑이 질척해지면 호미 들고 나가 냉이 한 줌 캐온다. 냉이 잎사귀는 땅색깔과 비슷하지만 땅속에 있던 뿌리는 새하얗다. 냉이를 캘 때마다 냉이 잎의 눈 결정체같이 섬세한 기하학적 모양에 놀란다. 냉이는 11월에도 캘 수 있지만 매서운 겨울 추위를 견딘 냉이가 향도 강하고 뿌리도 달큰하다. 된장에 풀어도 향이 죽지 않고 오롯이 살아있다. 땅에 납작 엎드려 겨울을 나는 냉이는 어찌 부지런한지 다른 풀들이 기지개 켤 즈음 벌써 자디잔 흰꽃을 피운다. 그러니 냉이에게 봄기운 얻으려면 사람도 좀 부지런해야 한다.

냉이가 흰 꽃 피울 때쯤 밭에서 다복다복 크는 벌금자리(벼룩이자리)를 만나면 반갑다. 많아서 벌금자리로만 겉절이를 하면 좋지만 얼마 되지 않는다면 무생채와 같이 버무려도 조금 들어간 벌금자리가 선사하는 고소하고 깔끔한 맛이 김장김치에 물린 입안을 향긋하게 헹구어 준다.

"동무들아 오너라 봄맞이 가자 너도 나도 바구니 옆에 끼고서 달래, 냉이, 씀바귀나물 캐오자 종다리도 높이 떠 노래 부르네"란 동요 때문인지 봄나물 삼총사가 달래, 냉이, 씀바귀로 여겨지는데 사실 야생 달래를 캐본 적은 없다. 맵고 알싸한 그 맛 때문에 시장에서 사다 먹는데 달래전을 부치거나 달래장을 만든다. 달래 듬뿍 넣은 달래장만 있으면 밥 비벼먹어도 좋고, 김에 달래장 끼얹어 먹어도 맛있고, 두부부침 위에 얹어 먹어도 그만이다.

쌉사레한 맛이 일품인 씀바귀는 데쳐서 물에 좀 담가 놓았다 뿌리째 무친다. 간이야 고추장, 된장, 간장 어떤 걸로 해도 괜찮은데 나는 고추장에 무친다. 씀바귀를 무치려면 쓴나물을 좋아했던 아버님 생각이 나곤 한다. 부전자전인지 아버님 아들도 쓴맛을 좋아한다.

뒷동산에 오르다 보면 한 잎 뾰족이 내민 참취가 눈에 띈다. 비슷하게 생긴 수많은 새순 중에 용케 취를 알아보는 게 신기하다. 내가 보는 게 아니라 취가 나에게 소리치는 듯하다. "나, 정순진이 되고 싶어!" 고맙다 고맙다 절하며 뜯으며 내려오다 보면 어느새 한 움큼이다. 내다 팔 것도 아닌데 많이도 필요 없다. 한 번 먹을 만큼이면 족하다. 쌉쌀하면서도 향그런 참취 향은 어떤 양념에 무쳐도 살아 있지만 조선간장 살짝 넣어 조물조물 무친 게 참

취 향과 씹는 느낌을 제대로 맛볼 수 있어서 좋다.

봄을 맘껏 느낄 수 있는 나물은 쑥이다. 양지 바른 곳에서 쑥쑥 돋아나는 어린 쑥으로 끓여먹는 된장국은 그야말로 보약이다. 맑은 국보다는 생콩가루 묻혀 탑탑하게 끓여낸 쑥국을 더 좋아한다. 쑥을 먹을 때면 언제나 '단군신화'의 곰과 호랑이가 생각난다. 쑥과 마늘만 먹고도 견딜 수 있어 여자가 됐다는 곰보다 도저히 불가능한 조건 앞에 섰던 호랑이 생각이 많이 난다. 쑥은 그야말로 우리 땅 어디에서고 흔전만전 나는 나물이라 많이 뜯으면 쑥버무리도 해먹고, 쑥떡도 해먹는데 난 쑥의 모양과 내음과 맛을 그대로 느낄 수 있는 쑥버무리를 좋아한다. 어릴 때 엄마는 쌀가루도 귀해서 밀가루를 쑥과 버무려 푸슬푸슬 쪄주셨는데 난 밥보다 좋아했다.

연두색 왕관처럼 돋아나는 원추리 새싹도 독특한 향과 맛을 가져 된장국을 끓이면 구수하면서도 달부데데하고 초고추장으로 무치면 새콤달콤해 식욕이 돋는다.

고소한 맛을 가진 나무 새순 중엔 홑잎나물을 빼놓을 수 없다. 붉은 단풍이 아름다운 화살나무 새순을 홑잎나물이라 하는데 부지런한 사람만 두 번 해먹는다 할 정도로 나물로 먹을 수 있는 시기가 짧다. 하긴 나무 새순은 대체로 일 년에 딱 한 번 봄에 잠깐 먹을 수 있는데 그래서인지 더 귀하게 여겨진다. 홑잎나물은 고소한 대신 수분이 적어서 섬유질끼리 모이는 특징이 있지만 무쳐도 맛나고 된장 약하게 풀어 국을 끓여도 좋고 부쳐 먹어도 맛 있다.

아삭아삭한 맛으로는 두릅을 따를 나물이 없다. 땅두릅은 맛이 덜하고 두릅나무 새순이 맛과 영양분이 많다. 두릅은 나물로는 드물게 단백질 함유량이 높아 예전엔 먼 길 떠날 때 걸망에 두릅 몇 개 넣어 갔다 한다. 민두릅 두 그루, 가시 두릅 두 그루 묘목 사다 심었는데 어찌나 잘 버는지 밭두둑은 두릅밭이 되어 가고 있다. 두릅숙회나 두릅전을 먹어본다면 산채의 제왕이라는 말에 저절로 고개가 끄덕여질 것이다.

두릅 새순 딸 때쯤 참가죽나무 새 잎도 먹을 만하다. 이 새순은 흙냄새가 강해 싫어하는 사람도 많은데 어릴 때 집에 참가죽나무 가 있었고, 엄마가 그걸로 해주신 장떡을 먹고 커서인지 못 먹고 봄을 보내면 퍽 서운하다. 서운한 몇 해 보낸 끝에 묘목 사다 심었 다. 고추장으로 간을 해 도톰도톰 장떡을 부쳐 입에 넣으면 독특 한 향이 온몸으로 퍼진다. 중독성이 있다.

놀원을 만들면서 밭 둘레에 가시오가피 나무를 심었다. 어디 한 군데 버릴 게 없는 나무라는데 아직은 새순만 이용한다. 열 그루도 넘어 풍성한데 딸 시간이 없어 두세 번 먹으면 봄이 간다. 쌉쌀하면서 질깃질깃하다. 쌉쌀한 맛을 싫어하는 사람은 잠깐 물 에 담갔다 무쳐먹어도 좋다. 향도 맛도 강해 고추장이나 된장에 무쳐도 제 맛과 향을 지켜낸다. 고기 좋아하는 사람은 고기쌈으로 훌륭하다고 엄지손가락을 치켜드는데 난 고기보단 나물이 좋다.

엄나무라고도 부르는 음나무 새순이 무섭게 생긴 가시투성이의 외양과 달리 부드러우면서도 씹는 맛이 있다. 엄나무 새순은 소금이나 조선간장으로 간을 살짝 하는 게 나물 본래의 맛을 즐기기에 좋다. 새순 맛보려고 묘목 사다 심었는데 그만, 죽고 말았다. 무엇이든 땅에 꽂아 놓기만 하면 물이 오르는 줄 알았는데… 죽기도 한다.

작년에 아랫집에서 초대해 난생처음 옻순을 맛보았다. 살짝 데쳐 달걀노른자를 찍어먹는데 깜짝 놀랄 만큼 맛있다. 늘 옻 오를까봐 걱정하는 식물이었는데 이젠 새순을 먹기까지 한다. 먹어보고 나자 옻닭집에 써붙인 '옻순 시식 가능' 안내판이 보인다. 모르는 건 안내판이 붙어 있어도 보지 못한다더니 그 말이 사실이다.

고기며 생선이 한 상 그득 차려 있어도 나물이 없으면 젓가락 둘 데가 없어지는 난 봄나물의 다양한 향취를 즐기는 게 최고의 식도락이다. 먹어도 되는 나물과 안 되는 나물, 독성을 제거하는 방법 등등을 알아낸 먼 조상 할머니들의 실험과 용기, 지혜에 탄복하며 오늘도 나는 봄나물을 뜯고 요리한다.

봄이 마디게 와야 봄나물을 차례로 맛볼 텐데….

(2015)

사람 거울

계산대 앞에서 큰소리가 난다. 듬성듬성한 머리카락이 하얀 남자 어르신이다. 병원 창구 앞에서 큰소리치는 남자노인들을 자주 본 터라 또 성질 급한 노인인가보다 하고 눈길을 돌리려는데 아무래도 옆모습이 낯익다. 얼굴이 보이는 찰나, 세상에나, 저 분은? 보지 못한 세월이 길긴 하지만 그 분이 틀림없다.

대학을 갓 졸업하고 교사발령을 받아 부임한 학교는 대전에서 출퇴근이 가능한 거리라서 그런지 원로 교사가 대부분이었다. 첫날 출근해서 보니 중학교 때 은사님과 마주 앉는 자리에 배정되어 있기도 했다. 우리 학교뿐만 아니라 인근 학교에도 중고등학교 시절 은사님이 여러 분이었다. 어른들에게 주눅 들린데다 남학교에 있는 몇 안 되는 여선생이라 모든 게 조심스럽던 시절, 그 분은 유쾌한 농담으로 한바탕 웃음을 선물하곤 했다. 또 여선생들에게 친절했는데 이유를 묻자 집사람도 학교에서 일하는데 자신이 동료 여선생들에게 친절해야 집사람도 그런 대접을 받지 않겠느냐고 대답하였다. 그 말은 두고두고 내 행동의 시금석이 되었다. "내가 대접 받고 싶은 대로 남을 대접하라"에서 더 나아가 내가 생활하면서 만나는 노인들을 공경해야 내 어머니도 사람들에게 존중받을 거라든가 내가 남의 집 아이들을 귀하게 여겨야 우리 아이들도 소중하게 여겨질 거라든가….

2학기가 되자 그 분은 대학원에 진학하려는데 영어가 제일 걸림돌이라면서 젊은 사람이니 영어 공부를 도와달라고 부탁하였다. 전공은 아니지만 함께 영어 문제를 풀기도 하고 영어 잡지를 돌려보기도 하였다. 그 해 겨울, 덕분에 대학원에 진학했다고 맛있는 밥을 사는 자리에서 학교에 계속 있으면서 교감, 교장으로 승진하는 것도 좋지만 다른 길도 많다고, 자기 같이 나이 든 사람도 도전하는데 젊은 사람이야 더 큰 세계를 향해 도전하는 게 의무라고 말하였다. 이듬해 난 학교를 떠나 서울로 올라갔고 다른 직장 몇 곳을 전전하다 결혼한 뒤 대학원 공부를 시작했는데, 스물 셋에 만난 그 분의 영향이 컸다.

전공 분야가 전혀 달라 직접 만날 일은 없었어도 같은 지역에 살다보니 종종 소식을 듣곤 했다. 학위를 받고 곧바로 대학에 자리 잡은 소식도 들었고, 훌륭한 연구업적을 낸다는 소식도 들었다.

띠동갑이었으니 정년퇴임은 하셨으리라. 옆에 서서 어쩔 줄 모르며 그 분을 다독이는 여자는 부인이리라. 따지는 내용이 확실하게 들리지는 않지만 이리이리 해야 마땅하고 전에는 그렇게 했었는데 오늘은 왜 그렇게 하지 않느냐는 말인 듯하고, 직원은 늘 이렇게 해왔다는 대꾸인 듯싶다.

꿈을 품은 사람만이 지닌 열정적인 눈빛으로 약자에게도 친절하던 그 분과 불만에 찬 고집스러운 표정으로 젊은 직원에게 큰소리치는 그 분의 사이에 35년의 세월이 있다.

어쩌면 그 분의 지적이 옳을 수도 있다. 그 분이 지적하지 않으면 계속 다른 사람에게 불편을 줄 불합리한 일인지도 모른다. 하지만 그렇게 고압적인 자세로 큰소리를 내다니, 내가 알던 그 분과는 너무 거리가 멀다.

가방끈 긴 사람이 하기 쉬운 실수는 자신이 아는 게 확실히 맞다는 자신감에서 비롯된다. 이런 자신감은 자신은 옳고 상대방은 틀렸다는 생각으로 이어진다. 확연하게 틀린 것을 자신이 고쳐놓지 않으면 세상은 점점 더 엉망이 될 거라는 확신도 한 몫 한다. 한평생 남을 가르치는 일에 종사해 온 사람은 무의식중에 누구나 가르치려 드는 습관이 있는데 고질이다.

나이 든 사람이 하기 쉬운 실수는 젊은 사람이 하는 일이 무조건 미숙해보여 미더워하지 않는 데서 시작한다. 젊은이에게는 실패도 큰 스승이거늘 그 기회를 빼앗으려 들기 쉽다. 나도 다 해봐서 아는데, 하면서 사사건건 목소리를 키운다. 스스로 조급해 기다리지 못한다.

누구나 화를 낼 수 있고, 그건 쉬운 일이지만 적절한 사람에게, 적절한 정도로, 적절한 시간에, 적절한 목적으로, 적절한 방법으로 화를 내는 것은 쉬운 일이 아니다.*

아아, 그분은 "화가 날수록 조곤조곤 말하는 기술이 부모에게 물려받은 땅 열 마지기보다 낫다"고 알려 주셨던 분이다.

나도 저럴 것이다. 자기 확신이 우월감으로 번져 다른 사람이 하는 일은 죄다 못마땅해 얼굴 찌푸리고, 세상사 모르는 일이 없다는 투로 차가운 웃음 띤 채 비판해대고, 세상에 바꿀 수 있는 건 자신밖에 없는데 다른 사람을 고쳐보겠다고 큰 소리로 화를 내며 지적하고….

누군가 멀리서 그런 나를 보고 내가 알던 분이 아니네, 하며 돌아선 적 또한 얼마나 여러 번이었으랴.

물에다 얼굴을 비추어 보지 말고 사람에게 자신을 비추어보라는 옛말이 있다더니, 오늘 그 분은 나의 거울이 되었다.

(2015)

*아리스토텔레스의 말

반지 이야기

결혼반지도 못 해주고, 결혼 30주년도 그냥 지나간 사람이 뜬금없이 반지를 해주겠단다. 이 나이에 반지라니, 좋아하기는커녕 오히려 웬 반지? 하고 되묻자 남편은 좀 서운한 모양이다. 반지를 해달라고 조른 적도 없거니와 반지를 즐겨 끼지도 않는다. 주부로 산 지 30년이 넘었으니 손마디 굵어지고 주름투성이 손이 된 지 오래, 누구 앞에서 보란 듯이 손 내밀 모양새가 아니다. 거기다 화사한 반지를 껴서 못생긴 손과 대비시키고 싶은 생각은 전혀 없다.

그렇다고 내게 반지가 아주 없는 것은 아니다. 이런 저런 이유로 갖게 된 몇 개의 반지가 있는데 가장 좋아하는 건 엄마가 즐겨 끼던 루비반지이다. 엄마의 반지는 아주 깊고 맑은 빨강색이 일품이다. 지니고 있는 사람에게 행운을 준다는 말을 믿어서였을까,

아니면 붉은색 보석을 지니고 있으면 남편의 사랑을 잃지 않는다는 속설을 믿어서였을까, 엄마는 스물네 시간 손에 물마를 날 없는 대규모 살림살이를 도맡아 하면서도 이 반지를 빼지 않으셨다. 딸이 다섯이나 되는데도 안타깝게 아무도 루비반지에 얽힌 이야기를 듣지 못했다. 엄마가 다른 세상으로 가신 뒤 엄마를 기억하기 위해 가져왔고 또 종종 엄마의 가호가 필요한 날에 끼고 다닌다. 친정 형편에 이 큰 루비가 천연루비가 아닐 거라는 건 확실하지만 내겐 세상 어떤 보석도 갖지 못한 엄마의 아우라가 있는 귀한 반지이다.

아빠가 반지를 해주겠다는데 거절했다고 했더니 딸이 펄쩍 뛴다. 해준다고 할 때 모르는 체 받으시라며. 그럼 이 기회에 엄마 루비반지랑 똑같은 모양의 천연 루비반지를 해볼까나.

보석에 관심이 없다보니 사실 보석이 얼마나 하는지도 모른다. 딸을 결혼시키긴 했지만 커플 반지만 하겠다는 아이들을 달래 몇 가지 패물을 마련해 준 건 사부인이라서 더 그렇다. 그냥 다이아몬드가 비싸고, 여자들이 다이아몬드를 좋아한다는 정도가 내가 아는 보석에 대한 정보 전부이다.

딸이 모양을 골라주겠다며 제 패물을 했던 집으로 우리 부부를 데려갔고, 뜻밖에 아들도 이 진귀한 행사에 관심을 보여 온 식구가 보석가게에 모였다.

루비를 보고 싶다는 말에 가게 주인은 "유색 반지를 하시게요?"

하며 깜짝 놀랐다. 가게를 둘러보고 나서야 주인의 반응을 이해했다. 진열된 장신구가 다 다이아몬드였다. 크고 작은 다이아몬드가 조명과 만나 휘황한 빛을 내뿜었다.

다른 가게에서 카다로그를 가져와 이것저것 보여주는데 거기도 루비반지는 거의 없다. 그 중 괜찮은 걸 골라 값을 물었더니 계산기를 한참 두드린 뒤 삼천 이백 육십만 원이라 한다. 호기롭게 나선 남편만이 아니라 모두들 눈이 휘둥그레졌다. 언감생심, 이런 걸 어떻게 손가락에 끼고 다닐 수 있으랴.

그래도 남편은 난생 처음 해본 제안을 무위로 끝내고 싶지 않은지 그렇게 비싼 거 말고 다른 건 없는지 묻는다. 딸이 엄마는 한복 스타일의 옷도 자주 입으시니 진주반지가 어떻겠느냐고 추천한다.

진주조개는 폐사율이 높다고 들었다. 자기 몸에 들어온 이물질을 감당하지 못하면 죽어버리기 때문이다. 느닷없이 침입한 애물을 목숨 걸고 싸안아 만든 보물이라 생각하니 진주의 은은한 광휘에 코끝이 찡해진다. 예기치 않게 만난 반갑잖은 애물들에게 눈총, 심총 쏘아대느라 스스로 피폐해진 나보다 진주조개, 네가 윗길이로구나.

이순 다 된 나이에 진주반지 하나가, 의젓이 내게로 왔다.

(2015)

자기만의 방

    큰딸이 공부를 잘 해 판사가 되었으면 좋겠다고 생각한 아버지는 내가 중학생이 되자 집 안에 있던 우물을 메워 작은 방을 만들고 그 방에 책상을 넣어 주셨다. 그리고 책상 앞에 사법고시에 합격한 여성을 인터뷰한 신문기사를 오려 붙여 놓으셨다. 부모님과 다섯 남매가 한 방에서 다닥다닥 붙어 자던 시절에서 벗어나 난생 처음 내 방과 내 책상을 가지게 된 순간이다. 혼자 누우면 방이 거의 차는 좁은 공간이었지만 그래서 여동생과 공유하지 않는, 말 그대로 자기만의 방이 되었다. 중학교, 고등학교, 대학교를 다니는 10년 동안 그 방에서 뒹굴었으니 오늘날 나의 나됨은 그 방에서 비롯된 것이리라.

    다른 식구와 함께 생활할 때와는 다르게 원하는 시간에 아무 때나 불을 켜고 원하는 일을 할 수 있다는 게 그렇게 좋았다. 책 읽고, 공상하는 시간이 행복했다. 수도 없이 여러 번 읽은 책이 전집으로 나온 김찬삼 <세계여행기>이다. 그 책을 읽으며 나도 함께 미지의 세계를 여행하곤 했다. 내가 사는 세상이 세상의 전부가 아니라 세상 너머에 전혀 다른 세상이 펼쳐져 있다는 게 얼마나 큰 위로가 되었는지 모른다. 무슨 수를 쓰더라도 빈둥거리고 여행하며 길거리를 배회해 볼 것을 다짐하고, 어떤 경우에라도 책과 상상의 세계를 떠나지 않을 것을 결심했다.

일기를 쓰고 편지를 쓰는 시간도 행복했다. <주말의 명화>는 눈을 비비며 기다렸다 일주일에 한 번 볼 수 있는 TV 프로그램. 큰방에서 보았지만 보고난 뒤 내 방으로 오고 나면 상상은 순전히 나만의 것이었다. 은막의 여주인공이 되었다 거울에서 여드름투성이의 얼굴을 보는 순간 현실로 되돌아오곤 했다. 두툼한 노트를 장만해 영화의 제목과 주연배우 이름, 줄거리, 감상 등을 적고 한 장 한 장 채워질 때마다 뿌듯해했다. 짝꿍이 건넨 사소한 말 한마디에 수없이 변하는 감정의 속내를 적어 내려가기도 하고, 책을 읽고 좋은 구절이나 시들을 써 두기도 했다. 그 시절 밀양에 사는 같은 학년의 여학생과 펜팔을 시작해 수도 없이 편지를 주고받았다. 펜팔은 시나브로 끊어졌으나 편지 쓰는 습관만은 이어져 난 편지 쓰면서 문장 훈련을 했다 말하곤 한다.

우물을 메워 만들어서인지 방에 들어서면 맑은 우물에 자신을 담그는 기분이었다. 힘든 일이 있어도 방에 가만히 있다 보면 저절로 치유되었으니 기적의 샘터이기도 했다. 자신과 대면하고 영혼과 대화하며 내면세계로 깊이 들어가기도 하고, 별을 올려다보며 우주를 꿈꾸기도 했다.

여성이 소설을 쓰고자 한다면 돈과 자기만의 방을 가져야 한다고 말한 사람이 버지니아 울프였던가. 예리하기도 하다.

소설을 쓰기 위해서만이 아니라 창조적인 작업을 위해서는 자기만의 방이 필수적이다. 단칸 셋방에서 시작한 결혼 이후 지금은 방이 다섯 개나 있는 집에 살지만 나는 자기만의 방이 없다. 아이들이 다 커서 서울에 나가 살아도 아이들 방이 내 방이 되지는 않는다.

시어머니나 남편과 사이가 나빠서가 아니라 아무리 찰떡궁합이어도 자유로운 사색과 상상은 다른 사람과 함께 할 수 있는 게 아니다. 혼자 있는 시간과 공간에 싹 트고 꽃 피고 열매 맺는다. 그 절대적 자유의 시간과 공간 생각에 목이 마를 때마다 나는 그 시절 그 작은 방이 몹시도 그립다. 어머니나 아내가 아니라 딸이었기에 누릴 수 있었던 나만의 공간.

그곳에 가고 싶다.

(2016)

은어

파랗고 맑은 강물에 한 떼의 은어들이 유유자적 헤엄쳐 올라가는데 몸이 하도 반짝거려 '와, 저런 물고기가 다 있네', 생각하자 마치 영화의 클로즈 업 기법처럼 앞장서서 헤엄치던 물고기가 눈앞에 커다랗게 확대되었다. 온몸에 다이아몬드가 박힌 듯 반짝거렸다. 그 은어와 서로 눈이 마주 쳤는데 나도 모르게 "오, 너구나!" 하는 소리가 나왔다. 그 은어도 나를 알아본 눈짓을 보내더니 앞장서서 힘차게 강을 거슬러 올라갔다. 놀라워하며 눈을 떼지 못하고 반짝이는 물고기 떼를 바라보다 깼다.

침대와 작은 앉은뱅이책상 하나뿐인 간소하고 단출한 수도자의 방이다. 내면의 진정한 욕구가 무엇인지 알게 된 피정의 마지막 밤이었다. 생기 넘치는 은어떼의 힘찬 모습이 함께 한 동료들처럼 여겨져 자다 일어나서도 마음이 편안했다.

집으로 돌아오자 딸이 임신 소식을 전했다. 1년 넘게 애쓰고 기다린 일이라 더없이 반가웠다. 생각할수록 아기는 먼 우주에서 지구를 방문하는 귀한 손님이라 그저 우주만물 모든 것에 고맙다, 고맙다 절하며 무조건 환대하는 일 외에 할 게 없다.

서울에서 천안으로 출근하던 딸이 대전으로 내려왔다. 역까지 배웅하고 마중하는 일은 내 몫이 되었다. 입덧하는 딸이 먹을 만한 간식을 마련하는 일도 즐거운 일이었다. 아기가 내 몸으로 찾아온 게 얼마나 고맙고 축하할 일인지 잘 알아도 날마다 일상에서 부딪치는 일이 좀 많은가. 신경은 날카롭고 몸은 더 예민해진 상태에서 마음을 가라앉힐 수 있는 시 한 편을 골라 메일로 보내기 시작했다.

"아빠, 혹시 듬뿍이 태몽 꾸지 않았어요? 우리 부부는 아무도 안 꿨는데…."

우리 집에서 꿈이라면 남편을 따라갈 사람이 없다. 그는 꿈을 자주 꾸고 잘 기억하는 편이다. 두 아이들의 태몽도 모두 그가 꾸었다. 어려서부터 자신의 태몽 이야기를 듣고 자란 딸은 자신이나 남편이 아이의 태몽을 꾸지 못하자 혹 아빠가 꾸었나 싶어 물어본 것이다.

남편이 최근에는 기억나는 꿈이 없다고 하는데 갑자기 내가 꾼 은어 꿈이 선명하게 떠올랐다. 태몽을 들은 사람들이 크게 될 아이라거니, 인물이 좋을 아이라거니, 아들이라거니 하며 다양하게 해석하는 소리를 들으며 손주와 만날 날을 기다렸다. 그 사이에 발전한 의술 덕분에 3D 컴퓨터로 합성해서 보여주는 초음파 사진으로 태중의 아기 모습을 보기도 하고, 손자라는 사실도 알게 되었다.

2016년 4월 5일 오전 11시 38분, 54cm, 3.07kg의 몸을 입고 손자 임가온이 태어났다. 아기 엄마가 24시간이나 진통을 했음에도 불구하고 아기는 제왕절개 수술을 통해 지구에 첫 발을 디뎠다.

생명의 신비는 자식을 통해서보다 손주를 통해서 깨닫는 모양이다. 아기가 이렇게 신비로운 존재라는 걸 예전엔 미처 몰랐다. 내 손주만이 아니라 모든 아기는 온전한 우주가 사람의 형상으로 내려오신 존재임을 생생하게 느낀다.

아기는 잠시도 가만히 있지 않고 움직여 살아 있음을 증명하며 날마다 무럭무럭 자란다. 울었다 웃었다 찡그렸다 24시간 표정이 달라진다. 아기의 웃음에 온몸이 녹아내리고, 아기의 울음에 애간장이 녹는다.

오늘로 딱, 백 일이 되었다. 4억 몇 천만 년의 시간을 건너와 사람으로 태어난 손주가 목을 가누고 몸을 뒤집기 시작하며 지구의 말을 배우고 있다. 어찌나 열심히 공부하는지 할미가 한평생 공부했다는 말을 하기가 부끄럽다.

춘천과 대전에 떨어져 있는 친가와 외가 가족들이 같이 손주

얼굴을 보려고 한자리에 모였다. 밥을 먹고 나서는데 식당 벽에 몸에 보석이 박힌 물고기들이 자유롭게 헤엄치는 그림이 은은하게 그려져 있었다. 세상에나, 이런 일이!

하고 많은 상징물 중에 은어로 자신의 존재를 알린 손주가 신비하고, 혼자 반짝이는 게 아니라 다함께 반짝이는 보석 같은 비늘을 가지고 함께 하는 모습을 보여주어 할미 마음이 푸근하다. "혼자 잘 살믄 무슨 재민겨*", 그런 진리쯤은 이미 체득하고 유유자적 지구별로 소풍 나온 게 틀림없다.

손주랑 함께 헤엄쳐 갈 반짝이는 은어 같은 아기들이 이 집 저 집에서 쑥쑥 자라고 있을 상상만으로도 흐뭇하다.

(2016)

*전우익 선생의 책 제목

박용래 시비

평생 대전에서 살고, 평생 보문산 근처에서 살다보니 제일 많이 가는 곳이 보문산이다. 천하에 명산이 많지만 내 곁에 있는 산이 명산이라 생각하는 나는 벚꽃 피는 계절엔 벚꽃이 좋아서, 여름에는 녹음이 우거져서, 가을에는 단풍이 아름다워서 자주 보문산 숲길로 걸어 들어간다. 혼자도 가고, 식구들과 가기도 하고, 제자를 데리고 걷기도 한다. 그때마다 들르는 곳이 박용래 시비이다.

박용래 시인을 생전에 뵌 적은 없다. 내가 만난 박용래 시인은 보문산 사정공원에 있는 박용래 시비이다. 검은 오석에 <저녁눈>이 김구용 시인의 글씨로 새겨져 있고 네모난 검은 돌 위엔 조각가 최종태 선생의 청동 소녀상이 올려져 있어 전체적으로 키가 크고 마른 소녀 같은 느낌을 준다. 최종태 선생의 소녀상도 군더더기가 없고 그 몸체에 새겨진 시에도 군더더기가 없어 단순하기

짝이 없는데 그 단순함이 볼수록 아름답다. 간결한 형태와 생략된 여백의 울림은 그대로 시인의 미학이기도 하다.

　박용래 시비가 아름다운 것은 상투적이지 않아서이다. 시비조차 크기 경쟁을 하듯 커다란 돌에 감동을 느끼기 어려운 시 몇 줄 파 넣는 게 대부분인데 이 시비는 시를 이미지로 구현한 김구용 시인의 글씨와 단단하면서도 투박하지 않은 검은 돌과 모든 가능성을 품고 있는 순수한 소녀상이 서로 어우러져 한 점 예술 조각으로 서 있어서이다. 이 시비에 들르는 것은 한국 고유의 정서를 언어로 형상화하는 것을 목표로 삼았던 시인의 바람이 시만이 아니라 조각으로, 글씨로 형상화되어 있는 작품을 즐기는 기쁨 때문이다.

늦은 저녁때 오는 눈발은 말집 호롱불 밑에 붐비다
늦은 저녁때 오는 눈발은 조랑말 발굽 밑에 붐비다
늦은 저녁때 오는 눈발은 여물 써는 소리에 붐비다
늦은 저녁때 오는 눈발은 변두리 빈터만 다니며 붐비다

　시에 나오는 말집이나 조랑말 등은 이제는 우리 일상에서 너무나 멀어진 존재들이지만 시인 박용래가 살던 집 뒤에 말집이 있었다 하고, 내가 어릴 때만 해도 짐수레를 끄는 말을 많이 보아 친숙한 동물이었다.

'늦은 저녁때 오는 눈발은'과 '붐비다'를 네 번 반복하고 있는 이 시는 행간과 여백과 울림이 넉넉하다. 언어와 침묵의 사이, 형상과 여백의 사이, 운율과 울림의 사이를 추구한 시인이 도달한 최고 정점의 작품임에 틀림없다.

　이 시를 읊조리자면 말집 호롱불 밑에 붐비는 눈발과 함께 늦은 저녁때 말집 호롱불 밑에 모인 마차꾼과 손수레꾼, 지게꾼이 두런두런 나누는 이야기소리가 들리고, 조랑말과 노새와 황소 등 모여 있는 동물들의 숨소리와 발굽소리도 들린다. 거기다 추운 겨울 늦은 저녁때까지 해종일 일하고 돌아온 동물들에게 먹이려고 여물 써는 바쁜 손이 만드는 썩뚝썩뚝, 경쾌한 작두소리도 들린다. 사람과 동물이 함께 맞이하는 늦은 저녁의 고단함과 분주함이 호롱불로 인해 아늑하게 바뀌면서 그 아늑함이 붐비는 눈발 사이를 채운다.

　말집의 분주함과 흥성거림을 집중해 보여주던 시는 마지막에 변두리 빈터를 원경으로 보여준다. 삶의 현장이 늘 그렇게 분주하기만 한 것은 아니라는 듯. 분주함은 한유함과 접선되어 있는 것임을 보여주듯.

　하지만 변두리 빈터가 비어 있는 것은 아니다. 거기에는 가을까지 모든 할 일을 마치고 겨울 눈속에서 다가올 봄을 기다리고 있는 생명들이 그득하고, 눈발은 그들에게도 찾아간다. 비어 있되 비어 있지 않은 채 서로가 서로에게 기대어 보내는 겨울 한 철,

그들의 숨소리, 그들의 몸짓이 반복과 병렬로 직조한 운율과 울림의 사이에서 천연스럽게 춤춘다.

내가 박용래 시비를 좋아하는 것은 보이는 것만 보고 들리는 것만 듣는 게 아니라 보이지 않는 것도 보고 들리지 않는 것도 포착한 시가 간결하고 단순한 선을 입체화시킨 소녀의 도도한 순수성으로 오도카니 서 있기 때문이다. 차갑고 딱딱한 돌 한 점에서 생전에 다정했다는 박용래 시인과 최종태 조각가의 우정이 따사롭게, 아름답게 품겨 나오기 때문이다.

아름다움에 갈증이 나는 날, 순수함에 목이 마르는 날 나는 보문산 숲길을 천천히 걸어 박용래 시비를 만나러 간다.

(2016)

여수 여행

입원실에 누워 있으면 벼라별 생각이 다 든다. 유독 아들과 둘이서 여행해보지 못한 게 걸렸다. 딸이 스무 살 되는 해에 둘이 여행했었고, 아들이 스무 살 되는 해에도 둘이 여행하리라 다짐했지만 그 해 아들은 군인이었고, 병원에 오래 누워 있었다. 제대한 뒤에 몇 번 별렀지만 둘이 시간을 맞추기가 어려웠다. 그러는 사이 시간은 흘러 올해 아들은 만 서른이 되었다.

내 몸도 좀 추슬러진 듯해 아들에게 시간 좀 내달라고 부탁했다. 그렇게 해서 마련한 1박 2일이었다. 난 어디로 가든 괜찮으니 여행지를 정하라 했더니 여수엘 가보고 싶다 한다. 서울에서 SRT로 출발하는 아들과 익산에서 만나 KTX로 여수까지 가기로 했다. 전라선과 호남선도 구별할 줄 모르고 여수까지 기차가 가는지도 모르던 아들이 기차표를 다 예매해 내게 선물했다.

여수는 6개월 만에 다시 가는 길이다. 지난여름 그 더위에 아직 성치 않은 몸으로 식구들 세끼 식사 챙겨야 하는 아내를 3박 4일 탈출시키기 위해 남편이 선택한 여행지도 여수였다. 그때는 아직 잘 걷지도 못해 오동도 옆에 숙소를 정하고 거의 숙소에서만 지내다시피 했다. 하루는 여객선 터미널 근처에서 두 사람이 같이 파마를 하면서 시간을 보냈고, 하루는 향일암에 갔는데 길이 너무 가팔라서 한 걸음 걷다 쉬고 한 걸음 걷다 쉬며 간신히 올라갔고, 그 모습을 본 남편은 관음보살 앞에 등불을 켰다. 오동도까지 이어진 그 다리, 700미터를 걷지 못해 나흘 내내 오동도를 바라만 보다가 마지막 날, 동백열차를 타고 가 오동도에 점만 찍고 왔었다.

세끼 식사를 준비하는 어려움에서는 벗어났지만 끼니때마다 뭐 먹지? 뭐 먹지? 하는 사람과 함께 식당을 고르고, 음식을 고르는 일이 힘겨웠다. 돌아오는 길에 그가 세끼 밥 사먹는 일이 제일 힘들었다고 말하기에 돈만 주면 아무 곳에나 가 어떤 음식이든 먹을 수 있는 세상에 그거 선택하는 것도 힘든데 끼니때마다 음식재료를 사고 다듬어 먹을 걸 만들고, 차리고, 치우는 일은 얼마나 힘들지 생각해보라고, 그 사람이 어머니이든 아내든 식당주인이든 무조건 넙죽 엎드려 절하는 마음으로 감사하며 맛있게 먹어야 한다고 했다. 정말이지 사랑을 실천하는 가장 구체적이고 직접적인 방법이 자기 손으로 음식을 만들어 다른 사람에게 먹이는 일이다.

아들은 역에서 내리자 주차장으로 가 웬 차에 카드를 댄다. 자동차를 렌트했단다. 사람을 만나서 계약서를 쓰고, 돈을 건네고, 열쇠를 건네받는 게 아니라 기차 타고 내려오는 동안 스마트폰으로 예약한 거란다. 그러더니 내비게이션의 안내를 받아 웬 식당을 찾아갔다. 점심시간이 좀 지났음에도 불구하고 사람들이 줄을 서 있더니 정말 싸고도 맛있는 집이었다. 6000원짜리 백반인데 간장게장에 양념게장, 게찌개에 돼지고기볶음, 간재미무침까지 나왔다. 아들녀석은 거기서 맛본 양념게장이 자신이 먹어본 가장 맛있는 게장이라 한다. 게장은 늘 비리거나 맵거나 짜거나 그랬는데 맛있어서 깜짝 놀랐다고.

맛있게 먹고 큰길 쪽으로 나와 보니 여수에 예닐곱 번쯤 와보는 내 촉에 의하면 여수의 중심지에 해당되는 중앙동이 가까운 것 같았다. 아들이 스마트폰을 보더니 1.5킬로미터쯤 된다고 차를 가져가자는 걸 그냥 걷자고 했다. 서시장을 지나 교동시장을 지나 이순신광장으로 가는데 길마다 쌓아놓은 굴천지였고, 그 옆에는 할머니들이 쭈그리고 앉아 굴을 까 그릇에 담아놓고 팔았다. 여수다웠다. 여름에는 '여수 밤바다' 노래와 여행객이 그득하던 광장에는 찬바람만 몰려다녔다. 그래도 전시된 거북선에 들어가니 두어 사람이 보였다.

차를 타고 카페거리라 불리는 종포공원 쪽으로 갔다. 프렌차이즈 커피점이 아닌 곳을 골라 들어가 바다를 보고 앉았다. 왼쪽으로 거북선대교, 오른쪽으로 돌산대교가 보이고 그 사이를 케이블 카가 작은 풍선처럼 떠다니는 풍광이 평화로웠다. 커피는 향기롭고, 나는 아들과 둘이서 바다를 내려다보며 이야기한 그 시간이 참으로 풍요로웠다. 유람선을 탈건지 케이블카를 탈건지 일정을 논의한 우리는 향일암으로 향했다. 온몸에 꽃을 매단 동백나무들이 두 팔 벌려 환영해 주었다.

향일암에 와보니 6개월 전보다 얼마나 몸이 회복되었는지 알겠다. 동네 한 바퀴 산책하는 정도만 걷던 내가 향일암까지 거뜬하게 올랐다. 물론 한두 번 잠깐씩 쉬며 숨을 고르긴 했지만. 옆에서 따라오는 아들도 기쁜 얼굴로 자꾸 묻는다. "정말 괜찮으세요? 안 쉬어도 돼요?"

이번엔 내가 관음보살에게 인사 드렸다. '이만큼 낫게 해주셔서 감사합니다. 몸을 잘 돌보며 살겠습니다.' 달라고 빌고 싶은 건 많았다. 아들의 앞날, 남편의 건강, 딸과 사위, 손주의 행복…. 그러나 사람의 욕심은 한이 없어 물속에 있는 물고기가 목이 마르다는 격이라는 카비르의 시를 읽은 뒤라 받은 것에 감사하고 싶었다. 그러자 이만큼의 회복이 지난여름 남편이 켠 등불 덕분이구나, 싶어졌다.

저녁으로는 장어구이를 먹었다. 어려서부터 고기만 좋아하지 해산물에는 눈도 주지 않던 아들이 사회생활하면서 먹게 된 음식이다. '하모 유비끼'라 불리는 갯장어 샤브샤브는 먹어보았지만 구이는 처음이다. 나로서는 민물장어보다 담백해 좋았고 아들도 먹을 만하다고 한다. 건강해서 아들과 함께 술 몇 잔 할 수 있으면 흥취가 훨씬 도도해지련만 그렇지 못한 게 유감이다. 내가 운전한다고, 아들에게 술 한 잔 권해도 숙소에서 하겠다며 사양한다.

숙소는 바다를 향하고 있지만 벌써 어둠이 내린 뒤라 창밖은 그저 캄캄할 뿐이다. 아침에 눈뜨자마자 커튼을 열었더니 올망졸망한 섬에 고깃배 몇 척 떠있는 다도해의 앞바다가 펼쳐졌다. 당장 나가서 산책하고 싶어지는 경치이지만 영하 10도가 넘는 날씨라 그냥 바라보기만 했다. 바라보고만 있어도 좋다. 아들도, 바다도.

난 숙소 앞 바다만으로 충분하지만 처음 여수에 온 아들을 위해 오동도에 갔다. 바닷바람이 차가웠지만 우린 그 다리를 걸어서 갔다. 오동도 동백은 아직 피지 않았다.

1박 2일 여행은 너무 짧다. 첫날은 가는 날이고 둘쨋날은 돌아오는 날이다. 여수에서 보낸 시간은 겨우 26시간. 하지만 누구의 방해도 없이 오롯하게 둘이 보낸 시간이니 짧다고만 할 수는 없다. 나나 아들이나 살아가면서 얼마나 여러 번 서리서리 펼쳐볼 시간이랴. 내가 세상을 떠난 후에도 아들은 여수를 잊지 못하리라.

(2017)

그림책

그림이라곤 학교 미술시간에 그려본 게 전부인데도 그림책을 만들겠다는 목표를 세웠다. 육십대 버킷 리스트 중 하나이다. 손주를 만난 기쁨을 그림책으로 만들어 손주에게 선물하고 싶었다. 물론 그 리스트를 만들 때는 손주가 없었다.

손주는 내가 병원에 입원해 있을 때 태어났다. 금세 만나러 갈 수도 없어 동영상과 사진으로 만족할 수밖에 없었다. 하지만 두 달 뒤 딸이 아이를 데리고 내려와 두어 달 있다 갔고 그 뒤에도 몇 번 내려와 한 주일 혹은 두 주일씩 묵어가곤 했다.

처음엔 그림을 그릴 엄두도 내지 못했다. 하지만 몸이 조금 회복되자 무료함을 벗어나기 위해서도 무엇이든 좀 해보고 싶은데 평생 해와 가장 익숙한 책읽기를 할 수 없었다. 그 사이에 시력이 나빠지기도 했고, 눈에 계속 눈물이 고여 작은 활자를 읽을 수가 없었다. 그렇게 차일피일 시간을 보내는데 막내동생이 아크릴 물감과 붓 두 자루를 선물하며 그냥 물감놀이를 해보라 권했다.

막상 그림을 그리자니 그 많던 미술시간에는 무얼 했는지 생각나는 게 거의 없다. 풍경화나 정물화를 그리라 해서 그려내면 그뿐, 어떻게 그리는 게 아름다운 것인지 배운 적은 없다. 하다못해 동서양 미술사에 대해서도 문학사와 관련되어 공부하느라 읽어서 알지 초등학교, 중고등학교에서는 배운 게 없는 듯하다. 그래도 유일하게 사용해본 적 있는 도구가 수채물감이라 비슷한 성질의 아크릴물감이 낯익었다.

손주에게 보여줄 그림책이니 꼭 그림을 잘 그릴 필요는 없을 것 같아 마음을 편하게 가졌다. 일 년 동안 손주가 성장하는 모습을 몇 장의 그림으로 그려 책으로 묶어 돌 선물로 주면 손주와 두고두고 이야기 나눌 게 많아질 듯했다.

사람들이 글을 어떻게 쓰느냐고 물으면 우선 생각나는 대로 써보라 했으니 그림도 눈에 보이는 대로 그리면 되리라 생각했다. 그런데 아무리 해도 아이의 입체적 생동감을 그릴 수가 없었다. 입체를 평면으로 표현해야 하고, 움직임을 순간에 포착해야 하니 어려움이 많은 건 알겠지만 이건 원, 눈에 보이는 것도 그대로 따라 그려낼 수가 없었다. 입체적인 느낌은커녕 만화 그리듯 형체만 본떠 그리기도 쉽지 않고, 붓으로 선을 따라 색칠하는 것도 쉽지 않았다. 내 마음대로 되지 않고 멋대로 삐져 나가고, 번졌다.

사람 얼굴은 또 왜 그렇게 표현하기가 어려운지. 코를 그리는 게 제일 어려웠다. 안 그리면 어색하고, 그리면 돼지코 같고.

그림을 암만 쳐다봐도 실제 인물과 전혀 닮지 않았다. 하지만 닮은 게 필요하면 사진을 찍지 그림을 그릴 이유가 어디 있으랴.

손주가 태어날 수 있는 가장 직접적인 원인인 딸과 사위의 혼례식 장면을 그리자니 그 날의 기쁨이 다시 생생해지고, 아름다웠던 딸의 모습과 대비되어 전날 밤 울어서 두 눈이 퉁퉁 부었던 내 혼인날도 떠오른다. 내가 꾼 손주의 태몽도 그렸다. 꿈을 자주 꾸는 편이 아니라 아이들 태몽도 다 남편이 꾸었는데 내가 태몽을 꾸다니 신기하다. 태몽을 그리자매 딸의 태몽도 기억나고, 아들의 태몽도 기억나고, 엄마에게 들은 내 태몽도 상상해보게 된다. 태어나던 날의 모습은 누구라 없이 비슷할 것이다. 발가벗은 채 주먹을 꼭 쥐고 힘차게 우는 모습, 이렇게 우리는 비슷한 모습으로 이 세상에 나오는 것이다. 낮이고 밤이고 연습하더니 처음으로 뒤집기에 성공한 날, 며칠씩 아파서 보채더니 웃을 때마다 하얗게 난 이가 돋보이는 모습, 초등학교 운동장에서 엄마에게 안겨 그네를 타던 모습, 틈만 나면 무엇이든 잡고 일어서던 모습, 한복을 곱게 차려입은 채 세배가 무엇인지도 모르고 어벙벙하게 흉내 내는 모습, 처음으로 혼자 선 순간 등 열맷 장의 그림을 그렸다.

생명이 얼마나 신비한지, 얼마나 놀랍게 자라는지, 얼마나 생생한 기쁨을 온몸으로 내뿜는지 표현하고 싶었지만 유치원생 그림과 다를 게 없으니 턱없이 부족하다. 그래도 그리는 동안 기뻤다. 무언가에 몰두하는 기쁨, 사랑하는 사람에게 줄 선물을 마련하는 기쁨, 거기다 책으로 완성되면 손주에게 그림을 보여주며 이야기 해 줄 미래의 기쁨까지 당겨서 누렸다.

바라는 것은 단 하나, 손주가 지구여행을 충분히 즐기는 것이다. 지구에 온 순간부터 얼마나 커다란 환대 속에서 사랑 받고 있는지 기억하면서 지구에 온 것을 선물로 받아들이기를 빈다. 이렇게 쓰자 환대받아야 마땅한데 태어나자마자 버려지거나 학대 당하는 아이들에게 생각이 미친다. 손주를 사랑하는 마음으로 그 아이들을 후원해야겠다.

4월 5일이 손주의 생일이다. 기다려진다.

(2017)

2부

서울에서
숨어 살기

딸과 함께

안식년을 서울에서 보내기로 했다. 외국에 나가 사는 상상을 하기도 하고 제주도에서 생활하는 상상을 하기도 했는데 현실적인 여러 여건을 고려한 끝에 도달한 결론이다. 서울에는 딸이 십일 년째 혼자 지내고 있다.

서울에 있는 대학으로 진학한 딸에게 방 한 칸 얻어줄 때는 원룸에서 임시로 사는 이런 생활을 이렇게 길게 하리라고는 생각하지 못했다. 4년 지나면 취직할 테고 직장 따라 집을 옮기면서 집다운 집으로 옮겼다가 결혼할 거라고 상상했다. 행정고시에 몇 년 매달렸다 로스쿨 진학으로 길을 바꾼 딸은 삼십대에 들어서서도 학생 신분이다.

미국으로 연구년 나가는 교수님과 운 좋게 연결되어 집과 세간을 몽땅 빌어쓰기로 했다. 다들 딸이 좋아하겠다고 말했지만 사실

난 은근히 걱정스러웠다. 딸 입장에서 보면 이미 십 년 넘게 혼자 살아온 터라 엄마랑 지내는 게 불편할 수도 있으리라 짐작되기 때문이다.

처음에는 늦게 들어오는 딸을 기다리는 게 힘들었다. 딸은 주무시라고 말했지만 그렇게 되지는 않았다. 평생을 일찍 자고 일찍 일어나는 생활을 해온 사람이긴 하지만 딸과 살면서 딸이 오기도 전에 잘 수는 없었다. 목달동에선 저녁 9시가 12시나 진배없었는데 서울에선 12시가 9시인 셈이었다. 또 평생을 규칙적으로 식사해 온 사람이라 아침시간이 들쭉날쭉한 게 힘들었다. 딸은 전날 몇 시에 잤느냐에 따라 또 그 날 일정에 따라 일어나는 시각이 달랐다.

지나치게 엄혹한 상대평가의 잣대 아래 수업을 들으면서 취업준비와 변호사 자격시험준비를 하는 딸이기에 제일 부족한 게 시간이고 잠이었다. 등만 바닥에 닿으면 쿨쿨 잠자는 나와 달리 딸은 쉽게 잠을 이루지 못했다. 취침시각이 너무 늦어서이기도 하고 걱정거리가 너무 많아서이기도 하리라. 그럼에도 불구하고 에미가 도와줄 수 있는 건 거의 없었다.

아침밥 먹이기가 고작이었다. 겨우 한 숟가락 뜨는 아이에게 무얼 먹여야 할지 고민하지만 해줄 수 있는 건 한정적이었다. 알고 있는 영양학 지식도 많고 그 정도의 식재료는 살 여유도 되건만 입맛 자체가 없다니… 그래도 하루도 안 거르고 아침 밥상에 앉아주었으니 그것만 해도 고마운 일이다.

시간이 넉넉하자 청소, 빨래, 음식, 다림질 등 손 가고 시간 드는 일을 해도 짜증스럽지 않아 놀랐다. 살림 자체가 싫다기보다 늘 시간에 쫓기며 살다보니 집안일에 시간을 많이 쓰게 되면 짜증부터 났던 모양이다. 자기 일에 허덕이는 엄마를 둔 딸아이는 도와줄 준비를 하고 기다리는 엄마가 있는 아이들이 얼마나 부러웠을까?

이 나이쯤 되어 생각해보니 무에 그리 대단한 걸 이루겠다고 엄마가 필요하다며 울고 보채는 아이들을 떼어놓고 나갔나 싶다. 그냥 이렇게 아이들 뒷바라지 하고 남편 뒷바라지 하면서 한 세상 살았어도 괜찮았을 것을.

함께 살면서 한 일이 하나 더 있다면 딸의 말을 들어주고 그 말을 지지해 준 것이리라. 딸은 출발선이 다른 아이들과 경쟁해야 하는 걸 힘들어했다. 법대를 나왔거나 사법고시 준비를 하다 온 학생들과 비교하면 본인이 너무도 아는 게 없다고 전전긍긍했다. 전공이 다른 학생들이 모여서 법을 공부해 다양한 분야에서 법률 서비스 하는 걸 목표로 세워진 것이 로스쿨임에도 불구하고 상대평가로 일등부터 꼴찌까지 줄 세우는 것에 치를 떨었다.

로스쿨 제도가 생긴 지 얼마 되지 않아 제도적으로 미비한 것도 사람을 힘들게 했다. 사법고시 자체가 안고 있는 문제점이 워낙에 커서 제도를 바꾸기로 한 것인데 기득권자들은 변화를 싫어하는 법, 틈만 나면 로스쿨제도와 로스쿨생들을 싸잡아 비난하고 홀대하면서 실력도 없는 것들이 돈으로 싸서 법조인이 되려고 하는 것처럼 몰아부쳤다.

제도가 바뀐 지 얼마 되지 않았으니 언론에서 그렇게 몰아가면 제도를 도입한 사람들 그리고 지금 그 제도를 유지해가는 사람들이 제도도 옹호하고 학생들도 옹호해 주어야 할 텐데 그저 언론이 요구하는 대로 학생들 조이기에만 급급했다.

시험일정도 정해진 게 없어 1기에 준해서 준비하다 보면 몇 달씩 앞당겨 시행하기 일쑤라 깜깜한 밤에 지도도 없이 항해하는 기분이었고, 변호사 자격시험 일정을 듣고는 그렇게 무리한 일정을 짠 사람들 모두에게 똑같이 시험 치게 하고 싶었다.

에미는 이제까지 산 중에 가장 시간이 넉넉했는데 딸은 가장 바쁘고 정신없었으니 딸과 같이 해보고 싶은 걸 많이 하지는 못했다. 둘이 함께 영화 본 게 두 번, 이태원과 강남에 가서 외식한 게 두 번, 아 가을억새축제에도 갔었구나.

그래도 딸이 결혼하기 전 딸과 둘이서만 살아볼 기회가 주어진 것에 감사하다. 두고두고 이 시간을 꺼내 야금야금 곱씹으며 그리워하리라.

(2012)

길 찾기

세상에는 수많은 길이 있다. 하지만 내가 갈 수 있는 길은 딱 하나이다. 앞에 놓인 수많은 길 중에서 하나만 골라야 하는 이유이다. 이 일은 보통 어려운 게 아니다. 하나를 선택하면 다른 건 포기해야 하는데 늘 그렇듯이 놓친 고기는 한없이 커 보인다.

고등학교 때 맨처음 가고 싶었던 학과는 심리학과였다. 새로 생긴 낯선 학문이었다. 서울에 있는 유서 깊은 사립대학 한 곳에 학과가 생겨 1학년을 모집했으니 내가 간다면 2회였다. 담임선생님은 굶어죽을 학과라며 영문과를 가라고 권하셨다. 서울에 있는 사립대학교에 갈 형편이 안 되는 난 고향 국립대학에 진학했고, 국어과목을 좋아했기에 국문학을 전공해 졸업한 뒤 중학교 국어 선생님이 되었다. 70년대 말, 국어 선생이 영어랑 한문, 도덕을 맡아 가르치는 것보다 더 견디기 어려운 것은 숨이 막힐 것 같은 교무실 분위기였다. 그 교무실만 벗어날 수 있다면 어떤 것이라도 할 수 있을 것 같았다.

날마다 채용공고만 찾아보는 시간이 계속 되었다. 판교에 있는 정신문화연구원에서 민족문화대백과사전을 만드느라 편수조사원을 구하는 광고를 보고 시험을 쳤다. 주변 환경도 좋고 일하는 분위기도 좋고 모두 좋았는데 국책기관이라는 게 문제였다. 하루아침에 정책이 바뀌자 백과사전 편찬부가 편찬실로 바뀌고 납득할 만한 이유 없이 몇 명이 해고되었다. 학생인 남자친구랑 결혼할 계획이었던 나는 이 불안한 직장을 떠나야겠다고 마음먹었다. 다시 구직광고만을 보는 시간을 거쳐 <주부생활>, <엘레강스> 등 여성지를 펴내는 주부생활사에 들어갔다. 잡지를 만드는 게 아니라 세계문학전집을 펴내려고 확충하는 출판부에 입사했다. 출판부에서 문학전집 만드는 일은 단조롭긴 했지만 재미있었다. 그러나 남의 책을 만들어주는 사람보다는 내 책을 쓰는 사람이 되고 싶었다.

중학교 국어선생님, 연구원, 출판기자 다 재미는 있었지만 내가 전력을 기울여야 성취하는 분야는 아니었다. 적당히 하면 인정받을 수 있었다. 그게 좀 심심했다. 전력을 바쳐야 가능한 일에 매달려보고 싶었다. 그때는 자기 능력의 70%를 바쳐 일하는 곳이 적정하다는 걸 몰랐다. 남편이 졸업과 함께 일을 시작하자 난 대학원에 진학했고, 시간강사를 십년도 더 한 끝에 고향에 있는 대학에 자리잡았다.

책 읽는 일을 제일 좋아하는 사람이 책 읽고, 젊은 친구들과 그 책에 대해 이야기하는 일을 날마다 할 수 있다는 게 행복하다. 다양한 분야 중에서 어릴 때부터 내가 제일 좋아하던 문학 분야에서 문학을 주제로 읽고 쓰고 가르치니 정말 복이 많은 사람이라고 여기며 살고 있다.

내 길을 찾는 것도 쉽지 않았지만 자식이 길을 찾도록 도와주는 일은 더 어렵다. 자식에 대해 알고 있는 것과 원하는 것이 다르기도 하고 자식의 욕구를 자식도 나도 분명히 모르는 경우가 많기 때문이기도 하다. 자식이 걸어야 할 길은 미래와 연결되어 있는데 요즘처럼 급변하는 시대에 미래를 내다보는 일은 보통사람으로서는 불가능한 일에 가까워졌다.

딸은 배밀이를 할 무렵부터 그림책이 거꾸로 놓여 있으면 바로 볼 수 있는 곳으로 찾아갈 만큼 뛰어난 시각인지력을 타고났지만 무난하고 평범한 걸 좋는 부모 밑에서 그저 공부 잘하는 아이로 자랐다. 중학생이 되자 대안고등학교에 가고 싶다고 의사표명을 해 직접 멀리 다른 지역에 있는 학교까지 탐방도 했지만 당시 대전교육청에서 다른 지역에 원서를 써주지 않는 바람에 일반 고등학교에 진학했다.

고등학교 1학년 진로탐색 시간을 통해 미래를 설계하면서 아이는 고민이 많아졌다. 하고 싶은 일이 너무 많았기 때문이다. 정치를 하겠다고 하기도 하고, 애니메이션 감독이 되겠다고도 했다. 만화영화 제작에 대해서는 제법 상세한 자료조사를 해와 정말 애니메이션 제작을 공부할 수 있는 길을 알아보던 중에 아예 아이를 데리고 미국으로 가기로 했다. 고등학교 2학년 여름방학에 떠나 1년을 머무르는 일정이 확정되었을 때 딸은 그냥 한국에 남겠다고 말했다. 지금 휴학하고 내년에 돌아와 대학입학을 준비하는 게 너무 힘들 것 같다는 이유였다. 어른으로서야 일이 년이 긴 시간이 아니지만 고등학생에게 일 년은 엄청난 시간일 수도 있겠다 싶어 아이 의견을 존중하기로 했다.

아들만 데리고 미국에서 일 년을 머무르고 돌아와 보니 딸은 치과대학에 진학할 목표로 학업에 매진하고 있었다. 딸이 치과대학에 가는 건 아빠의 꿈이었다. 대를 이어 딸이 치과의사를 하면 자신이 잘 아는 분야이니 도움을 줄 수도 있고, 전문직이니 세상 살아가기도 괜찮을 거라는 게 아빠의 이유였다. 딸은 아빠가 아픈 걸 보고자라 의사가 되어 아빠를 고쳐주고 싶다는 말을 한 적은 있어도 치과의사를 하겠다고 하지는 않는데 아빠랑 생활한 일 년 동안 심청이 콤플렉스를 갖게 된 듯했다. 치과의사 되면 일주일에서 반은 의사일 하고 나머지 반은 자기가 좋아하는 다른 일 하겠다면서.

하지만 딸의 적성은 문과이다. 다른 과목에 비해 수학성적이 조금 떨어졌고, 결국 수학능력시험에서도 마찬가지였다. 여학생이 이과에서 선택할 수 있는 폭이 넓지 않았다. 지방대학 의대를 가라 해도 싫다, 명문대학 약대를 가라 해도 싫다고만 했다. 의학이나 약학에 관심이 있어서라기보다 치과의사가 되어 아빠의 꿈을 이루어주고 싶은 게 본심이었는데 그게 가능하지 않게 되자 갈팡질팡할 수밖에 없었다.

21세기에는 환경공학이 핵심 분야라고 설득해서 이화여대 공학부에 입학을 시켰다. 기숙사생활을 하며 한 학기를 잘 지내는 듯하더니 학기말에 도저히 공학공부를 해낼 자신이 없다며 재수를 하겠다고 선언했다.

어느 대학을 가느냐 보다 더 중요한 게 전공을 선택하는 거라면서 네가 정말 잘할 수 있고, 하고 싶은 전공을 선택하라고 여러 차례 설득했더니 두 번째 입학시험에서는 사회계열을 선택했다. 물건 하나를 사도 여러 가게를 돌며 시장조사를 한 끝에 사고, 용돈이 웬만큼 모이자 이율이 더 높은 정기예금통장을 마련하는 등 딸의 어린 시절 일화가 기억났다. 이번엔 제대로 선택한 듯했다.

사회과학이라는 범주에 묶였어도 그 안에 다양한 전공이 있는데 그걸 선택하는데 또 애를 먹었다. 아이가 다닌 학교는 특히 경상계열 평판이 좋은데 자신의 능력을 개인회사 돈 버는 데만 바치는 건 너무 허무하다며 한 학기를 미루면서까지 전공 결정을 고민하더니 행정학을 선택했다. 잠시 휴유 하는가 싶더니, 졸업

이후의 진로를 두고 다시 치열한 고민이 시작되었다. 에미로서는 내가 걸어본 길, 그래서 그나마 좀 아는 길인 대학원에 진학해 공부하는 학자의 길은 어떠냐며 여러 장점을 설명했다. 숙고 끝에 딸은 평생 즐겁게 공부할 자신은 없고 목표를 위해 잠깐 공부할 수는 있겠다며 행정고시를 선택했다.

길을 선택하고 나면 옆에 있는 사람이 도와줄 수 있는 것은 아무 것도 없다. 딸이 휴학을 거듭하며 신림동과 학교를 오가며 공부하는 내내 본인이 선택했기에 망정이지 내가 권했더라면 어쩔 뻔했나 싶게 안쓰러웠다. 열심히 했건만 딸의 소망대로 되지는 않았다. 그 결과를 받아들이며 대학을 졸업해야 하는 시점, 딸은 법학전문대학원 입학시험을 치렀다.

먼 길을 돌아 법 공부를 한 지 3년, 서른 넘은 나이에 대학원 졸업을 앞두고 있지만 딸의 길 찾기는 아직도 계속 되고 있다.

세상 사람들은 공부 잘 하면 쉽게 자기 길을 찾아가는 것처럼 생각하지만 그런 것은 아니다. 세상 떠나는 날까지 선택의 기로에서 자기 길을 찾아가는 게 인생이니 서른 아니라 마흔, 쉰이 되어도 선택할 일은 수없이 많다. 자신의 인생을 좌지우지할 만한 결정적인 선택에서 두고두고 생각해도 그걸 선택하길 잘 했다고 할 만한 선택을 하기 위해 필요한 것은 단 한 가지이다. 자기 자신에 대해 잘 아는 것. 나는 무얼 제일 좋아하고, 무엇에 제일 큰 가치를 두는가? 나는 어떤 건 견딜 수 있는데 어떤 건 도저히 참을 수 없는가? 나는 무엇을 제일 잘 하는가?

행복하기 위한 조건, 자신이 좋아하는 일을 하면서 자신이 살고 싶은 사람과 사는 것도 궁극적으로는 자기 자신에 대해 잘 아는 사람만이 선택하고 충족시킬 수 있다. 이러매 길 찾기는 다른 사람이 대신 해줄 수 없는, 온전한 자기 몫이 될 수밖에 없다.

자기 앞에 놓인 두 길 중에 이 길도 가고 저 길도 갈 수는 없다. 이 길을 선택하면 저 길은 포기한다는 말. 그렇다고 해서 선택을 바꾸지 못한다는 건 아니다. 이 길을 선택해 가다가도 내 길이 아니라고 여겨지면 다른 길을 선택할 수 있다. 그리고 사람은 직접 해보기 전까지는 자신이 그 일을 잘할 수 있는지 없는지 좋아하는지 어쩌는지 모르는 경우가 태반이다. 그러니 걱정하며 망설이는 대신 과감하게 선택해 직접 겪어보는 게 가장 좋은 방법이다.

딸하, 새로운 세계를 향해 가슴을 쭉 펴고 한 발 내디디렴. 어떤 선택을 하든 널 지지하마.

(2012)

모녀

딸이 있어서 좋다. 아들보다 더 좋다든가 하는 비교의 차원이
아니라 그냥 딸이라서 좋다.

예전에 딸이 이화여대에 입학시험을 치는데 지역 학생들은 기
숙사를 숙소로 이용할 수 있어 신청했었다. 물론 어머니와 딸에게
만 자격이 주어졌다. 그걸 신청한 덕분에 시험 전날 기차에서부터
수험생 모녀를 알아볼 수 있었고 기숙사에서는 닮은 얼굴의 신구
버전이 나란히 다니는 진풍경을 구경할 수 있었다. 모든 사람들이
모두 신구 버전으로 이루어진 채 어슬렁거리며 돌아다니는 공간
을 상상해 보라. 저절로 웃음이 날 것이다. 식구들끼리는 안 닮았
다고 생각해도 다른 사람이 보기엔 영락없는 판박이였다. 그때
처음 절실하게 알았다. 영생을 이루는 가장 확실한 방법이 자식임
을.

물론 딸은 나에게만 DNA를 받은 게 아니고 남편의 DNA도 절반 받았으니 나와 다른 개체임에 틀림없다. 같은 부모에게 같은 비율로 DNA를 받은 형제나 자매도 다 다른데 모녀가 같을 리가 있겠는가. 그런 눈으로 딸을 바라보면 아, 저런 점이 나보다 낫구나 하고 감탄하게 된다. 딸에게 DNA를 나누어 준 남편이 장점이 많은 사람인 모양이다.

어릴 때부터 못 생겼다는 말을 많이 들은 나는 딸이 예쁘게 자라자 다 남편 덕이라 여기고 아빠를 닮아서 참 다행이다 생각하고 있었다. 그러던 어느 날, 딸이 엄마에게 할 이야기가 있다고 와서 나랑 마주 앉더니 쿡쿡 웃음부터 터뜨렸다. "뭘 얘길 하려고 웃기부터 해", 그랬더니 "아니, 엄말 바라보자 내가 맨날 거울에서 보는 내 얼굴이 앞에 딱 있잖아요. 웃겨서!" 그때 처음 알았다. 딸의 외모가 날 닮기도 했다는 걸.

하긴 난 어려서부터 아버지를 닮았다는 말을 듣고 자랐다. 어머니는 얼굴이 갸름하고 콧날이 오똑하니 미인형인데 딸 셋은 아버지를 닮아 사각 얼굴이다. 그러려니 하고 지냈는데 나이 쉰이 넘자 거울을 보면 어머니만 계신다. 나만 그렇게 느끼는 게 아니라 어머니랑 제일 많이 닮은 남동생이 "어, 누나 얼굴에서 어머니가 보이네!" 하는 걸 보니 확실히 DNA를 반반 가지고 있다가 시간에 따라 이쪽 자질이 더 드러났다 저쪽 자질이 더 드러났다 하는 모양이다.

대학 졸업을 앞둔 딸이 진로에 대해 이런 저런 이야기를 하던 중 "난 엄마처럼은 못 살아요" 하고 말했다. 갑자기 망치로 머리를 맞은 듯했다. 나도 어머니에게 그렇게 말했었다. "난 절대 엄마처럼 살지 않을래!" 하지만 그건 어머니도 마찬가지셨다. "넌 절대로 나처럼 살지 말아라!" 엄마처럼 살지 않으려고 공부도 많이 했고, 전문적인 직업도 가졌고 많은 제자들이 '저도 선생님처럼 살고 싶어요' 하면 흐뭇해하며 격려하곤 했는데 아뿔싸, 정작 딸은 나처럼 못 산다고 항변하는 것이 아닌가.

제일 먼저 느낀 건 딸 눈에 엄마가 행복해 보이지 않았다는 것. 밖에서는 바깥 일, 안에서는 집안일에 허덕이는 엄마가 안쓰러워 보였던 것. 대가족을 이루어 살면서 단란하게 지내기보다 북적북적 지내는데 엄마는 언제나 중심에서 일을 추단해 내야 하는 존재로 여겨졌던 것. 능력이 있어 보였는지는 몰라도 행복해 보이지는 않았던 것, 자신은 절대 그렇게 살 수 없다고 생각했던 것.

충격적이면서 가슴이 아팠다. 어머니가 폐암으로 예순 넷에 세상을 떠나셨을 때 자식들 기억 속에 있는 어머니는 고생하고, 희생하고, 인내하고, 기다리고, 일하는 모습뿐이었다. 그 이후 내가 늘 주장한 게 '엄마가 행복한 세상'이었다. 자식들이 어머니를 떠올릴 때 가슴 아프고 눈물 나는 게 아니라 정말 우리 엄마는 행복하게 사셨다는 말이 나오고 환하게 웃는 모습이 떠오를 때라야 비로소 여자가 살기 좋은 세상, 엄마가 행복한 세상이 온 거라고,

그런 세상을 만들자고. 그런데 정작 그 엄마 밑에서 자라는 딸은 엄마의 삶이 힘겨워 보였다니. 그렇게 산 엄마가 대단해 보이기는 한데 자신은 그렇게 살 수 없다고 선언하는 딸을 볼 줄이야.

충격을 가라앉히며 생각해 보니, 난 내가 하고 싶은 일보다는 어른들이 마땅히 해야 한다고 여기는 일이나 남편이 응당 해야 한다고 여기는 일을 먼저 하느라 힘과 시간을 많이 쓴 게 틀림없다.

놀랄 일이 아니다. 엄마의 삶을 엄마보다도 명철하게 살펴보며 자랐으니 내 딸은 자신의 요구와 다른 사람의 요구를 함께 만족시킬 수 있는 길을 찾아나갈 거고 그것이야말로 서로가 행복하게 살 수 있는 지혜로운 방법이니까. 내가 내 어머니의 삶의 지혜를 받아들이면서 내 삶을 한 걸음 진전시켰듯이 내 딸도 내 삶의 지혜를 받아들이면서 자신의 삶을 한 걸음 진전시켜 나갈 것이다.

딸이 있어서 좋다. 딸을 바라보고 있자면 어디서 저렇게 예쁘고 저렇게 똑똑한 아이가 왔는지 아무 데나 대고 절하고 싶다. 딸에게도 절하고 싶어진다. 내 딸로 와주어서 고맙다고.

(2012)

서울에서 숨어 살기

일 년을 서울에서 살기로 했다. 따져 보면 서울에 아는 사람이 없는 건 아니지만 되도록 사람 만나지 말고 서울에 있을 때만 할 수 있는 걸 많이 해보되 애는 쓰지 말자는 게 올해의 목표였다. 내 일상에서 벗어나 조금 느리게, 조금 서성대며, 조금 느슨하게, 조금 외롭게 사는 것.

예전에 딸아이가 주말에 조 모임을 하자고 해 집에 간다고 했더니 집이 서울 아니냐고 놀라더니 "너, 서울사람처럼 생겼는데…" 하더라고 말해서 같이 웃은 적이 있다. 하기는 나도 그런 적이 여러 번 있다. 주로 서울에서 열리는 학회에 참석했다 기차 시간에 맞추느라 저녁도 못 먹고 나가려면 많은 교수들이 놀랍다는 듯이 "서울에 집 없어요?" 묻곤 했었다. 웬만하면 서울에 사는 것이 너무나 당연하다는 저 도저한 무의식 속에 대전내기가 숨어 살 수 있을까?

서울사람들은 대체로 뚜껑이 열리기 직전 상태에서 살고 있는 것처럼 보인다. 그래서인지 아주 작은 일에도 뻥 터져 버린다. 싸우고 있는 사람들을 자주 보게 된다. 부딪쳤다고 싸우고, 끼어들었다고 싸우고, 하다못해 산에 오르내릴 때도 한 줄로 안 간다고 싸우고. 밀도가 너무 높아서 그런 게 틀림없다. 어딜 가나 사람이 너무 많다. 토요일 오후 전철에서 내려 출구를 따라 오르다가 깜짝 놀랐다. 출입구인데, 발 디딜 틈도 없이 빽빽하게 떠밀려가며 출구로만 쓰는 현장에 끼게 된 것이다. 앗! 출퇴근 시간도 아닌데. 서울사람들은 놀 때도 이렇게 빽빽하게 떠밀려가며 노는구나 싶었다. 그래서 서울엔 숨어있기가 좋다. 자신을 건드리지만 않으면 누구도 다른 사람을 신경 쓰지 않으니까.

사람이 아무리 많아도 그들을 사람으로 여기지 않아야 서울에서 천연덕스럽게 살 수 있는 모양이다. 많은 여자들이 전철 안에서 아무렇지도 않게 화장한다. 마치 집에서 혼자 거울보고 앉아 이것저것 발라보고 고치고 하듯 커다란 화장품 가방을 꺼내놓고 유유자적 얼굴에 그림을 그리고 수정한다. 남들이 듣거나 말거나 개의치 않고 아주 개인적인 내용이 다 드러나는 통화를 큰소리로 하는 것도 마찬가지이다. 이 내용을 듣는다고 누가 알랴, 더 나아가 알아도 뭐 어쩌랴 하는 마음인 모양이다. 이름이 꽤 알려진 교수나 시인의 뒷이야기를 듣게 되면서 괜히 내가 불편해지기도 했다.

　내가 잠시 머문 동네가 신촌이라 연대, 이대, 서강대, 홍익대
등 대학가에 쉽게 접근할 수 있어서 다양한 문화강좌나 공연을
접하기 좋았다. 또 지방에는 없고 서울에만 있는 공간이 궁궐인데
이 동네에서 가깝고 편하게 갈 수 있었다. 어쩌다 한 번 서울에
올라오면 주로 지하철을 타고 다녔다. 지리를 잘 모르는 사람은
지하철이 편하기 때문이다. 하지만 좀 길게 머무르다 보니 구석구
석 안 가는 데가 없는 버스가 편했다. 아, 정말 서울은 대중교통이
편리한 도시이다. 환승제도도 잘 되어 있어 지하철에서 버스로,
마을버스로 바꾸어 타는 게 크게 신경 쓰이지 않았다.

　서울에서 차도 없이 생활하는 게 불편하지 않느냐고 묻는 사람
이 많았지만 난 편하고 좋다. 내 차가 고장 나 서비스센터에 맡기
면 마치 내 발목이 부러진 것처럼 느낄 정도로 자가용에 의존하여
살았던 게 사실은 늘 시간에 쫓기기 때문이었던 거다. 지하철보다
버스를 애용했던 것은 갈아탈 때 오르내리지 않아도 된다는 것도
있지만 도시풍경을 보면서 다닐 수 있어서이다. 버스를 타고 다니
자 서울의 지리가 웬만큼 눈에 들어온 것도 기대하지 않고 얻은
수확이다.

　내가 가장 자주 애용한 버스는 272이다. 서촌이나 북촌, 인사
동, 대학로 등 내가 가려고 하는 곳은 다 272를 타면 해결되었다.
이 버스를 타면 기사들이 한결같이 친절해 늘 기분 좋았다. 승객

이야 듣는 둥 마는 둥 아무 내색 없이 타고 내리기에 바쁘고, 자리에 앉기 바빠도 기사는 타고 내리는 모든 분들에게 일일이 인사했다.

사람이 많다보니 무얼 해도 어느 정도의 사람이 모인다는 건 서울의 장점이다. 대전 같으면 공짜로 해도 겨우 서너 사람 모일까 말까한 문화적인 행사, 강연, 모임에 회비 내면서 참석하는 사람이 최소한 선착순 마감을 할 정도로 모여들었다. 참여한 사람의 동기는 다양하지만 그래도 다양한 시도를 해볼 수 있게 사람들이 모여든다는 게 반갑고 고마웠다. 그런 자리에서 만난 사람은 말을 나누지 않아도 동지처럼 여겨졌다. 물론 그럼에도 불구하고 겨우 서넛이 앉아서 본 연극공연도 있었고, 두 명이 본 영화도 있기는 했다. 멀찍이 떨어져 앉아 있으면서도 나와 같은 시각에 그 자리에 앉아 있는 그 사람이 문화적 혈연처럼 여겨지곤 했다. 지방에서 가끔 숨이 막힐 듯 답답했던 건 이런 숨구멍이 없어서임도 저절로 알게 되었다.

국가에서 기금을 지원해 이루어지는 강연을 들으면서 아프게 깨달은 건 나이 든 교수가 제일 문제가 많다는 사실이다. 그들은 대중과 호흡하는 자리에서도 그들에게 자신이 얼마나 아는 게 많으며 얼마나 많이 공부한 사람인지를 자랑하기에 바빴다. 아무 준비 없이 일화 몇 개 소개하는 것으로 때우려는 사람도 있었다. 나를 보는 것처럼 여겨져 얼굴이 화끈거렸다. 거기에 반해 회비 내고 듣는 강좌에는 노교수들의 자리가 없었다. 젊은 사람들의 새롭고 창조적이고 상상력이 가미된 다양한 방식의 강좌와 강의법에서 배우고 생각할 게 많았다.

서울은 너무 번잡해서 싫다고 말하던 내게 서울 땅에 발을 디뎌야 기운이 펄펄 난다는 후배가 기대에 찬 표정으로 묻는다.

"살아보니 서울이 살기 좋지요?"

"출퇴근하며 살기엔 너무 힘든데 놀기엔 좋은 곳이네그려."

(2012)

어떤 음악회

　토요일, 낯선 도시에서 아내 혼자 있을까 걱정스러운 남편이 봄맞이 가곡 음악회 정보를 찾아 알려주었다. 프로그램을 보니 전국적으로 이름이 알려진 유명한 사람은 없지만 아마추어들이 하는 음악회라도 공연장에서만 느낄 수 있는 현장감을 즐기는 편이라 기꺼운 마음으로 찾아갔다. 300석 규모의 아담한 아트홀에 중장년층 청중이 이백 명 넘게 모인 듯하다.

　역시 그냥 방에 있기보다는 찾아가길 잘 했다.

　바리톤 솔로의 힘있는 소리로 시작해 테너, 바리톤, 베이스가 어우러진 멋진 남성중창으로 마감해 새봄의 활기를 전해 받고 열렬하게 감응했으니 음악회에 온 목적을 충분히 이루었다. 거기다 가곡이라 음악과 함께 시의 아름다움도 느낄 수 있었고, 현악앙상블, 독특한 얼후의 음색도 즐길 거리였다. 여성중창의 아름다움도 처음으로 맛보았다. 잘하는 사람 혼자 하든지, 화음의 맛을 느끼게 하려면 합창이 낫지 어정쩡하게 웬 중창이람, 하는 마음이 있었다. 들어보지도 않은 채 선입견을 가지고 있었던 거다. 하지만 웬걸, 소리가 맑으면서도 서로 어우러져 봄의 화사함과 경쾌함을 느끼기에 그만이었다.

선입견 없이 사람과 사물을 만나야 된다고 생각하면서 정작 아주 사소한 곳에서도 그렇게 하지 못하는 자신을 보는 아픔까지 덤으로 얻었다. 아픈 걸 좋아하기야 하랴만 그래도 이런 아픔이 있어야 자신의 참모습을 조금씩 알게 되니 이 또한 고마운 일이다.

불편한 마음도 있었다. 모 대학 교수라는 소프라노 때문이다. 노래는 참 좋았다. 개인적으로 소프라노의 고음을 아름답게 여기기보다 날카롭게 여기는 편인데 꾀꼬리 같은 음색이라 청아했다. 높지만 깨끗하고 그러면서도 힘이 있어, 실력을 인정하지 않을 수 없었다. 그러나 노래가 좋으면 좋을수록 실망이 컸다. 합창단이야 여러 곡을 하는데다 파트 별로 악보도 다르니 보면대 놓고 슬쩍슬쩍 확인하는 게 대부분이지만 프로 중에 솔로로 노래하는 사람이 보면대에 악보 놓고 훔쳐보며 노래하는 사람은 처음이었다. 노래 실력은 좋지만 최소한 이 음악회에 성의를 보이지 않았다는 증거로 여겨져 화가 나기도 했다. 저만한 실력을 갖춘 사람이 왜 이렇게밖에 못할까? 독일 가곡이긴 하지만 수도 없이 불렀을 곡일 텐데…. 안타깝기도 하고 아쉽기도 했다. 같은 직종에 있는 사람이라 더 그렇게 느꼈을지도 모르겠다. 이 음악회 후원자를 보면서는 안쓰러웠다. 프로그램을 보았을 때 직접 무대에 서는 소프라노가 후원자이기도 해서 의아했다. 무대에 나왔는데 드레스도 화려하고 미모도 뛰어났다. 하지만 소리를 내는 순간, 아마추어라는 게 그대로 드러났다. 저절로 박자를 맞추고 있는 손짓, 공명이 되지 않는 소리, 모자라는 호흡…. 갖추어야 하는 실력은 모자라고, 차림새의 장식은 지나치자 그 부조화가 차마 봐주기 어려웠다. 무대화장 덕인지 의료기술 덕인지 나이를 가늠할 수 없었으나 소리를 듣자 드레스의 과도한 노출이 한심했다.

아마추어가 죄이거나 잘못이지는 않다. 하지만 자기 격에 맞지 않게 욕심을 내면 추해진다. 이 사람은 노래가 좋아서 전문가에게 성악을 사사 받고 잘한다 잘한다 소리를 듣다보니 무대에 대한 욕심이 생겼을 것이다. 그냥 아마추어들 끼리 무대를 가지고 주변에 아는 사람들 불러 즐겼으면 좋았을 텐데 자기 데뷔 무대를 멋있게 꾸미기 위해 전문 성악가들도 불렀다. 그러자니 돈이 많이 들었을 거다. 돈을 낸 사람들은 꼭 티를 내고 싶어하는 법, 입장객에게 나누어 준 사탕 다섯 개를 싼 봉지에도, 프로그램에도 소프라노 누구누구라고 밝혀놓았다. 여기서 저기서 빠시락 빠시락, 사탕은 음악회 내내 소음을 냈다. 그래도 오죽이나 하고 싶었으면 그랬으랴 하는 마음으로 애써 감정을 누그러뜨렸다.

언짢고 안쓰러운 마음으로 돌아오다 깜짝 놀라 순간 멈춰 섰다. 에그머니나, 소프라노 두 사람 모두, 나를 비춘 거울이네!

전문가라고 하면서 온갖 곳에 얼굴 내미느라 정작 기초적인 것에도 성의를 다하지 못하는 모습과 순수한 아마추어로 좋아하는 분야에서 남들이 잘한다, 잘한다 하니 정말 잘하는 줄 알고 추한 줄도 모르고 욕심내고 전문가인 체하는 모습. 그런 줄도 모르고 각각 한 가지 모습만 보여주는 소프라노에게 눈살 찌푸리고 화내고 욕하다니.

이 세상 모든 존재가 스승이다.

(2012)

검정

잠시 서울에 머무르기로 했다. 거리를 걷다 보면 여행자임을 확인하게 된다. 여기 사는 사람들은 늘 바쁘다. 자기가 갈 곳을 분명히 알고, 해야 할 일도 명확하다. 그러니 머뭇거리는 일 없이 종종걸음으로 뛰어다닌다. 여행자는 언제나 두리번거린다. 여긴 뭐하는 데지? 이 버스는 어딜 가나? 어라, 이런 것도 있네. 모든 게 낯설고 신기해 눈빛을 반짝이며 어슬렁어슬렁 돌아다닌다. 여행자로 산다는 건 일상에서 만나는 모든 것에 호기심을 잃지 않는 것이다.

그렇게 살아보기로 한 나를 축하하려고 화개골짜기에서 차 덖으며 사는 동무가 묵란을 보내왔다. 끊어질 듯 휘어지고 꺾인 난 잎에선 초록 바람이 일고, 제멋대로 휘갈겨 쓴 '꽃맘처럼'에선 벙그는 꽃마음이 일렁인다. 검은 먹으로 은은한 향기도 그려내고 검은 먹으로 연두빛 난꽃도 피워 보내니 모든 색을 품어 안은 묵화의 오묘함이 놀랍다.

우리말 검정을 생각할 때 묵墨을 떠올리게 되는 것은 이런 이유에서다. 수묵화의 세계에서 보여주듯 검정은 빨강도 노랑도 초록도 파랑도 하양도 다 가지고 있다. 색깔만이 아니라 산도 바다도 사람도 나무도 땅도 모두 품고 있다. 묵 안엔 삼라만상이 다 들어 있다.

그래서일까, 묵은 어둠과 겹쳐진다.

묵이 모든 걸 품고 있듯이 어둠도 모든 걸 품는다. 난 캄캄한 어둠이 좋다. 해질 녘 사위가 천천히 어두워지면서 천지만물이 서로서로 손잡는 걸 가만히 바라보며 어둠에 잠겨 가면 땅 위의 모든 존재들과 이어지는 걸 느끼게 된다. 너와 나, 따로 따로 분리되어 있던 물상들이 어둠의 크나큰 날개 안에 함께 깃들이는 걸 온몸으로 느끼는 기분은 참으로 흐뭇하다. 자신이 우주 만물과 연결되어 가는 충만함을 날마다 생생하게 느낄 수 있다는 것은 실로 커다란 축복이다. 그 축복이 실현되기 위한 조건은 단 하나, 어둠.

그러나 도시는 절대로 어두워지지 않는다. 몇 만 년 동안 너무나 자연스러웠던 이 일이 이젠 정말 어려운 일이 되어 버렸다. 시골로 이사해 뛸 듯이 반가웠던 일 중 하나는 밤이 되면 캄캄해지는 거다. 21세기 대한민국은 시골 동네에도 집집마다 방범등을 세우고 소등과 점등을 아예 자동으로 맞추어 놓는다. 집주인이 끌 수도 없이 환하게 밤을 밝히는 등. 선거철만 되면 가로등이 늘어나더니 이제 동네 어귀로 들어서는 아스팔트길엔 고라니 대신 자동차만 쏜살같이 내달린다. 이사했을 때만 해도 쉽게 보이던 반딧불은 불과 몇 년 사이에 사라졌다. 어둠이 사라지자 하늘의 별도 보이지 않는다. 벼 수확을 위해 가을철엔 가로등을 끄니 그나마 다행이랄까.

보라. 식물이 풍성히 열매 맺기 위해선 캄캄한 어둠이 필요한 것을.

사람이라고 다르겠는가. 몸과 마음이 깊어지기 위해서는, 몸과 마음을 채우기 위해서는, 캄캄한 어둠에 잠겨 있는 시간이 필요하다.

하여 어둠은 현玄으로 이어진다.

'현지우현玄之又玄'은 검고도 또 검다고 새기기도 하고 가물가물하고도 또 가물가물하다고 말하기도 하고 깊고도 또 깊다고 이야기하기도 하는데 도덕경 제 1장에 나오는 말이다. 도가, 하느님이, 우주의 이치가 그러하고 또 그러하다는 말씀이니 아아, 그 유현함이여.

어려서부터 오래도록 천자문의 첫머리, '하늘천 따지 검을현 누르황'을 들을 때마다 하늘이 왜 검은지 의문을 품었다. 의문 한 가지 풀리는데 몇 십 년이 걸리니 나는 얼마나 어리석은 존재인가.

서울을 여행하는 내게, 나랑은 같은 게 아무 것도 없는 시인이
그려 보낸 묵화 한 점, 천지의 비밀을 전해준다.

묵란의 그윽한 떨림, 검고도 가물가물하다.

(2012)

스웨덴 영화제

이화여대 ECC에 있는 예술영화관 모모에서 스웨덴 영화제가 있었다. 스웨덴 국왕 부부가 국빈으로 방문했는데 그 기념으로 영화 일곱 편을 가져와 일주일 동안 무료 상영했고 개막할 때는 스웨덴 왕비도 참석했었다 한다.

초기에 두 번 상영하고 막 내린 한 편을 제외하고 여섯 편을 보았다. 주말에 이틀 내내 아침부터 저녁때까지 영화만 본 것도 처음이다. 주말 시간을 누구의 눈치도 보지 않고 혼자 쓰고 싶은 대로 쓴다는 것만 해도 기분이 좋았다. 누가 눈치를 준 건 아니지만 일하느라 평소에도 나가기 때문에 주말에는 식구들의 요구를 들어주는 방식으로 삼십 년을 넘게 살아오다 보니 이젠 아예 엄두조차 내지 않던 일이다.

처음 본 영화 <심플 사이먼>에서 주인공 사이먼은 아스퍼거 증후군 환자이다. 조카 하나가 경계성 지능장애를 가지고 있어 특히 집중하고 공감하며 보았다. 아스퍼거 증후군 환자는 언어발달에도 문제가 없고 지적 능력도 괜찮은데 공감 능력이 떨어져 흥미나 기쁨 등을 다른 사람과 함께 나누지 못하는 장애를 보인다. 한마디로 관계에 치명적 어려움을 갖는 사람들이다. 이 영화에서 사이먼과 소통할 수 있는 사람은 형 샘이다. 하지만 샘의 여자 친구 프리다는 동생만 챙기는 듯한 샘을 이해하지 못해 결국 그 두 사람은 헤어지게 된다. 사이먼이 샘에게 여자 친구를 구해주기 위해 벌이는 소동이 영화의 나머지 부분을 채운다. 정도의 차이는 있지만 영화를 보는 내내 조카 생각을 하지 않을 수 없었다. 영화에서는 사이먼을 잘 이해해주는 형이 있고, 정말 단순한 사이먼을 이해해주는 여자도 만나지만 우리 현실은 스웨덴보다 훨씬 복잡해 성인이 된 조카가 일할 곳도 찾지 못하고 이해해 줄 사람도 찾지 못하고 있어 마음이 아프다. 장애인이 누리는 삶의 질이 그 사회 복지수준의 가늠자임을 뼈저리게 느꼈다.

<사운드 오브 노이즈>는 음악에 대한 고정관념을 깨뜨리는 충격적인 영화다. 소음과 묵음, 아름다운 소리와 잡스러운 소리의 기준이 무엇이며 그 가치는 무엇인지 질문하는 영화로 여섯 편 중에 가장 상상력이 돋보이는 영화였다. 퍼포먼스가 위험하기도 하고 두렵기도 했지만 테러범들의 마지막 퍼포먼스인 <일렉트릭 러브>는 빛과 어둠, 소음과 묵음이 어우러져 황홀한 도시의 풍광

을 선사했다.

<시몬과 떡갈나무>는 제 2차 세계대전을 배경으로 놓고 입양된 아이가 자신의 정체성을 찾아가는 줄거리인데 바다가 내려다보이는 언덕에 자리한 떡갈나무가 아주 인상적이었다. 떡갈나무와 함께 하는 시간이 자신을 들여다보고 자신이 누구인지 알게 되는 시간으로 보였다. 긴 상영시간(두 시간 반)에도 불구하고 너무 많은 이야기가 들어 있어서 제대로 소화되지 못한 느낌이었다.

<미스 키키>는 아빠가 누구인지도 모르는 아들 빅터를 엄마에게 맡기고 오랫동안 미국생활을 하다 돌아와 아직도 아들과 불편한 관계에 있는 중년 여성 키키가 주인공이다. 키키는 인터넷에서 접선한 대만 남자를 만나러 아들과 동행해 대만을 여행하며 자신과의 관계, 아들과의 관계, 다른 사람과의 관계에 새로운 길을 만들어 간다.

<세베 ; 소년의 초상>은 가장 우울한 영화였다. 집과 학교, 사회 어디에서도 보살핌을 받지 못하는 열다섯 살 소년의 초상이 음울하게 그려지는 영화에서 본 세베의 눈빛이 오래 따라다녔다. <앙티브 행 편도>는 관계의 어려움을 초래한 것이 무엇인지에 대해 한 수 가르쳐 주는 영화였다. 살 날이 얼마 남지 않은 늙은 아버지는 마지막 시간을 자신이 가장 소중하게 생각했으나 하지 못한 일을 하기로 결심하는데 그건 앙티브에 있는 연인을 찾아가는 일이다. 주인공은 젊은 날 앙티브에 연수 갔을 때 만난 사랑하는

여인에게 부인과 이혼하고 돌아오겠다고 하고 집에 왔다가 차마 부인과 아이들을 떠나지 못해 자신을 속인 채 평생을 살았다. 남을 배려하느라 자신의 행복을 포기했지만 진심이 아닌 배려는 결국 모든 사람들에게 상처만 주어 아내와 아들, 딸 모두와 관계가 비틀려 버렸다. 우리는 흔히 현실과 적당히 타협하며 남을 배려하는 게 최선이라고 여기며 살아가지만 사실 그 허위 배려가 모두에게 상처만 준다는 걸 명확하게 보여주는 유쾌한 영화였다.

영화를 보는 내내 가장 낯선 게 중년 여배우들의 늙은 얼굴이었다. 그게 왜 그리 낯선지 생각해 보니 우리나라 영상에서는 늙은 여배우들의 모습이 사라졌기 때문이다. 60대 여배우들의 얼굴도 다림질이라도 한 듯 팽팽해 30대 남녀배우들의 얼굴에 주름이 가득한 걸 보자 아주 낯설었다. 하지만 곧 그 모습이 편안하고 익숙해졌다. 주름살 진 그 모습에서 배우들의 관록이 묻어났다. 더불어 뚱뚱하고 배도 나온 배우들의 모습도 친근하게 여겨졌다. 우리나라에서 배우들이란 주변에서 흔히 볼 수 있는 이웃이 아니라 특별한 곳에 따로 사는 특별한 종족이라는 느낌이 강한데 스웨덴 영화에서는 주인공이건 주변인물이건 흔히 볼 수 있는 평범한 외모라 특별하다는 느낌이 없었다. 우리 문화에서 외모지상주의가 얼마나 폭력적으로 판치고 있는지 새삼 되짚어 보게 되었다.

여자들의 모습이 많이 달랐다. 외모를 꾸미는 모습이 거의 없기도 하지만 상냥하지도 않고 많이 웃지도 않고 친절을 베풀지도 않았다. 그리고 영화에 혼자 술 마시는 여자 모습이 자주 보였다. 새삼 여자든 남자든 외롭고 힘들 때 가장 쉽게 하는 일이 혼자 술 마시는 것임을 보았다. 다른 문화권에서 만들어진 영화를 한 번에 여러 편 보다 보니 저절로 우리 문화에서 자연스러워 보이는 다양한 상황이 사실은 사회적으로 문화적으로 규정한 것임을 알아채게 되었다. 남자와 여자를 같은 사람으로 대하고 기르기보다 남자와 여자로 나누어서 기르고 있다는 게 확연히 보였다. 지상낙원으로 일컬어지는 스웨덴에서도 싱글맘은 너무나 힘들어 결국 모성을 포기하기에 이르는 모습도 충격적이었다. 열다섯 살 생일날, 아들에게 널 더 이상 키울 수 없다고 집을 나가라고 말하는 엄마, 그 말에 집을 나가는 아들. 집단 따돌림을 당하고 얼굴에 상처가 난 채로 학교를 뛰어나가도 아무도 따라 나가는 사람이 없는 지상낙원의 학교. 지상낙원이라는 말은 환상을 부추기는 수사에 불과한 게 틀림없다.

스웨덴 영화제에 참석한 이틀은 여기도 거기도 모든 가치의 핵심은 사람이고, 가장 어려운 일은 사람과 사람 사이의 소통이며 그 어려움을 해결할 수 있는 가장 큰 힘은 진심임을 확인하는 시간이었다. 우리가 가장 많이 소비하며 닮아가고 있는 미국 영화와는 다른 방식으로 생각하고 다른 방식으로 상상하고 다른 방식으로 표현하는 영화를 보면서 견문을 넓히는 기쁨을 누리는 시간이었다.

세상에서 제일 두려운 사람이 한 종류의 책만 읽은 사람이라 했던가. 참조틀이 많을수록 편견에 사로잡힐 기회가 줄어드나니 다른 문화권에서는 어떻게 살아가는지 되도록 많이 경험해 볼 일이다. 돈도 없고 시간도 없다고 투덜댈 거 없다. 여행 가서 며칠 우리나라 사람들끼리 몰려다니며 이름 난 관광지나 유적지에서 증명사진 찍느라 돈과 시간 뭉턱뭉턱 쓰는 것보다 영화든 책이든 공감하며 빠져드는 게 훨씬 효율적이고 친생태적이니까. 세상 모든 곳을 내가 다 가봐야 한다고 믿고 행동하는 것 역시 일종의 강박이거나 치기 아니겠는가.

(2012)

우쿨렐레

나이 들자 젊은 시절에 익혀놓았으면 좋았을 걸, 싶은 게 한두 가지가 아닌데 그 중 제일 아쉬운 게 다룰 줄 아는 악기가 하나도 없는 거다. 중간 중간 좀 만만해 보이는 오카리나나 하모니카를 시도해 봤지만 쉽지 않았다. 하긴 시도라는 것 자체가 덜렁 악기만 장만해서 혼자 연습하는 것이었으니 이루기 어려운 일이었는지도 모르겠다. 연습의 문제만은 아니었으니 하모니카를 배우려고 맘먹고 시도하다가 악기는 안 되겠다 포기한 건 남편과 아들때문이다. 하모니카를 잘 부는 남편에게 겨우 음계를 익혀 도레미파를 부는데 어릴 때 배운 동요라도 난 계이름을 모르면 불 수가 없었다. 아무 노래나 척척 부는 남편에게 그 노래 계이름 좀 알려달라 했더니 그냥 불면 되지, 계이름이 왜 필요하냐는 것이다. 그러는데 아들이 보고는 하모니카를 들고 슥슥, 여기저기 불어보더니 단번에 제가 아는 노래를 불어대지 않는가. 아니, 어떻게 그럴 수가 있느냐고, 계이름을 어떻게 알고 부느냐고 했더니 그냥, 불면, 된다는 것이다.

아하, 난 음감이 부족하구나.

부족한 일에 시간 들이고 정성 들이면서 스트레스 받기보다는 잘하는 일에 좀 더 정성을 쏟자는 게 내가 정한 삶의 원칙이라 악기는 내가 넘겨볼 분야가 아니구나, 딱 포기했다. 악기라는 게 하루 이틀 연습해서 되는 것도 아니고, 매일 시간을 내어 규칙적으로 연습할 수 있어야 하는데 늘 시간에 쫓겨 동동거리며 사는데다 음감도 없다면 될 일이 아니다 싶었다.

안식년을 맞기 전에 음악을 전공한 사람 둘에게 물어봤다. 제일 쉽게 배울 수 있는 악기가 뭐냐고. 둘 다 우쿨렐레를 추천했다. 대형마켓에서 지나가다 본 적 있다. 작고 앙증맞은 현악기. 서울에서 딸과 둘이 지내는 생활에 적응되자 인터넷으로 집 근처에서 우쿨렐레 배울 수 있는 곳을 찾아봤다. 인터넷에는 혼자 하루만 연습하면 칠 수 있는 걸 왜 돈 주고 배우냐는 말부터 벼라별 이야기가 다 떠돌았다. 홍대 근처에 있는 우쿨렐레 전문매장에 등록했다. 가깝기도 하지만 인디문화의 발상지처럼 여겨지는 홍대 분위기도 느껴보고 싶었다.

우쿨렐레 소리는 경쾌하다. 수강생은 여덟 명, 선생님은 배운 지 일 년 됐다는 20대. 수강생도 대체로 이십 대. 미처 그 생각을 못 했다. 홍대가 젊은이들의 놀이터라는 걸. 올해 딱 마흔인 여자 분이 계셔서 함께 열심히 해보기로 했다.

우쿨렐레는 하와이의 전통 민속 악기이다. 1878년 하와이에 온 포르투갈 이주민들은 포르투갈 민속 악기인 부라권햐(Bragu-inha)를 연주했는데 독특한 손놀림에 하와이 원주민들은 벼룩이 튀는 듯한 인상을 받았다 한다. 이 악기에 암시를 받아 하와이만의 악기를 만들어 벼룩이라는 의미의 'Uku'와 톡톡 튄다는 의미의 'lele'를 합쳐 이름을 붙였다. 130년 정도의 역사밖에 안 되는 신생 악기인 셈이다.

악기를 샀다. 신기하다. 연주자세, 조율법, 손가락 기호 등 기본적인 현을 배운 뒤 C코드를 잡고 엄지손가락을 이용하는 스트리밍을 연습했다. C코드만으로도 반주가 되는 동요가 있다. <곰 세 마리>다. 아이들 어릴 때 불러보고는 불러 본 적 없는 노래를 열심히 불렀다. 첫 주는 C코드, C7코드, F코드를 배우고 연습했다. 머리로는 쉬운데 노래 부르며 코드를 바꾸는 게 쉽지 않다. 매일 삼십 분이라도 연습하자 다짐했지만 이틀 하고 나니 왼쪽 손가락 끝이 부어올랐다. 못이 박일 때까지는 아플 거라더니….

대전 집엘 다녀올 일이 생겨 두 번째 레슨을 빼먹은 채 세 번째 레슨에 들어가자 C, C7, Am, F, D7, G7 코드를 이어 연습하는데 귀가 어지럽고 손은 뒤틀린다. 역시 젊은 친구들은 다르다. 연습도 안 했다는데 금세 따라한다. 혼자만 맞추지를 못하니 그냥 머리로만 들었다.

집에서 혼자 연습해도 코드 바꾸는 게 영 서투르다. 셔플 리듬과 싱코페이션 리듬이 흥은 나는데 자꾸 엇갈리고 밟힌다. 집에서 배운 걸 겨우 연습해가지고 가면 새로운 걸 또 배우고 그걸 미처 소화하기 전에 또 새로운 걸 알려주고. 매 주 새로운 악보를 주는데 노래조차 들어본 적 없는 젊은 가수들의 곡이다. 그런 노래를 좋아하기도 하고 자주 듣기도 한데다 손도 재바른 젊은 친구들은 곧잘 따라가지만, 나는 버벅댄다. 뿐만 아니라 노래를 모르니 해볼 엄두조차 나지 않는다. 유일하게 따라가지 못하는 사람이 갓 마흔에 진입한 사람과 오십도 중반을 넘은 나인데 40대랑 50대도 다르다는 걸, 달라도 너무 다르다는 걸 몸으로 체험한다. 난생 처음 좌절감이 무엇인지 체험했다. 그러나 여기에서 그만두기는 자존심이 상했다.

그런 내가 안쓰러워 보였는지 선생님이 소위 7080 노래 악보를 몇 개 주었다. 내가 좋아하는 노래로 연습하니 그래도 할 만하다. <알로하 오에>를 연습할 무렵 음계 치는 걸 배웠다. 도레미파도 낼 줄 모르다가 비로소 알게 된 기분이다. <알로하 오에>를 멜로디로 연습하기도 하고 코드로 연습하기도 했다. 여기까지 배웠을 때 4주 과정의 2단계가 끝났다. 소화가 안 된 채로 진도가 더 나아가서는 안 되겠다 싶어 등록을 포기했다. 연습을 충분히 한 다음에 등록해야 효과가 있겠다 판단한 것이다.

혼자 연습하겠다는 건 안 하겠다는 말과 거의 비슷하다. 아주 특별한 예외가 있을 뿐이다. 손에 잡아보지도 않은 채 일 주일이 가고 이 주일이 갔다. 핑계는 많다. 아침부터 뚱당거리는 건 좀 저어되고, 오후엔 운동을 해야 하고, 저녁엔 이웃집 시끄러울까 봐, 또 딸이 집에 있으면 공부하는 데 방해될까 봐… 악기집에다 넣어두면 꺼내는 거 귀찮아 할까봐 그냥 소파에 놓아두었는데도 그거 한 번 잡질 못하고 달가웃이 지났다.

어느 주말, 서울에 온 남편이 우쿨렐레를 보더니 대번에 집어들어 치면서 노래를 한다. 아니, 나는 아무리 연습해도 코드 변환이 어려워 더듬거리는데 생전 처음 보는 악기를 어떻게 저렇게 할 수 있을까. 부럽기도 하고 샘이 나기도 한다. 그는 옛날 기타 쳐본 덕이라며 자꾸 내게 해보라며 부추긴다. 실컷 기죽여 놓고. 그래도 <토요일 밤에>를 칼립소 리듬으로 치며 노래했더니 박수 치며 환호한다. "겨우 일곱 번 배웠다더니 잘 하네!"

역시 칭찬은 힘이 세다. 요즘 하루에 단 오 분이라도 우쿨렐레를 잡는 건 남편이 던진 한 마디 칭찬 덕분이다. 버벅대는 건 여전해도 코드 잡는 손가락이 조금 부드러워진 걸 알겠다. 호, 맞아, 악기야말로 손에 익을 시간이 절대적으로 필요한 것을. 쉰 넘은 나이에 겨우 몇 번 연습해놓고 잘하길 바라다니 가당키나 한 일인가.

이즈음 내가 누리는 가장 큰 즐거움은 날마다 우쿨렐레를 뚱땅

거리며 맑고 깨끗한 동심에 목욕하는 일이다. 어른이 된 뒤엔 들어보지도 불러보지도 못한 동요를 부르게 되다니, 이건 순전히 우쿨렐레가 준 선물이다.

살면서 기대하지 않은 선물을 받는 가장 확실한 길은 도전임에 틀림없다.

(2012)

인왕산 자락에서 윤동주를 만나다

만약 당신이 시월의 마지막 날에, 서울을 여행하고 있다면 어딜 가겠는가?

곧 추위가 닥칠 거라는 예보가 있지만 오늘은 햇살이 밝고 하늘도 푸르다. 올해 이런 가을날을 다시 맞기는 어렵겠다 싶은 시월, 하고도 마지막 날을 그냥 집안에서 구겨져 있을 순 없다.

윤동주의 <자화상>을 두고 논문을 준비하던 중에 윤동주문학관이 새로 문을 열었다는 기사를 본 게 생각나 네이버 지도를 검색했다. 종로에서 마을버스 7212를 타고 자하문 고개에서 내리면 된다고 알려준다. 고마운 네이버. 이 복잡하고 어지러운 대도시 서울에서 나를 안내해주는 가장 믿음직한 친구.

나이 들면서 그저 범박한 일상사에 익숙해져서 외롭다거나 쓸쓸하다는 생각을 해볼 겨를도 없었다. 옷장 정리하면서 계절을 알게 되는 건조한 삶. 그게 나이 탓이 아니었던 모양이다. 집 떠나서 혼자 있는 시간이 많아지자 계절이 지나가는 게 눈에 보였다. 그리고 그때마다 감정이 이쪽 끝에서 저쪽 끝까지 널을 뛰었다.

가을에 들어서면서 자주 윤동주의 <별 헤는 밤>을 떠올렸다.

별 하나에 추억과/ 별 하나에 사랑과/ 별 하나에 쓸쓸함과/ 별 하나에 동경과/ 별 하나에 시와/ 별 하나에 어머니 어머니,

이 유명한 시구를 따라 나도 별 하나에 아름다운 말 한 마디씩 불러보곤 했다.

마을버스는 경복궁 뒤쪽으로 들어가더니 통인시장을 지나 경복고등학교를 지나 청운중학교를 지나 자하문 고개, 윤동주 시인의 언덕에 선다. 세상에나, 버스 정류장 이름이 윤동주 시인의 언덕이네! 이런 명명이 반갑다. 예전에 하이델베르그에서 꼬불꼬불 철학자의 길을 걷던 기억이 겹쳐진다. 우리도 이제 이런 이름을 짓는구나.

하얗고 단정한 건물이 윤동주문학관이라는 명패를 붙이고 서있다. 단정하긴 하지만 건물의 선이 예사롭진 않다. 건물 전면에서 윤동주 사진과 시인의 필적으로 쓰인 시 <새로운 길>이 방문객을 맞는다. 널리 알려진 시가 아니라 <새로운 길>을 내건 건 어떤 의미가 있는 듯하다. 윤동주를 만나는 새로운 길이라는 뜻? 이

공간을 경험하는 것이 방문객에게 새로운 길을 열어 주리라는 뜻? 예술에서 의미는 아무리 많아도 좋다.

새로 문을 열었다는데 입구가 군색하다. 건물도 왜소하다. 문학관에서 준 팸플릿을 읽어보니 서울중부상수도사업소에 속해있던 청운수도가압장과 물탱크를 개조했다 한다. 가압장이라는 단어만으로는 도대체 무슨 일이 일어나던 공간인지 가늠이 되지 않았는데 설명을 보니 느려지는 물살에 압력을 가해 다시 힘차게 흐르도록 도와주는 기계실이었던 모양이다. 윤동주문학관은 영혼의 물길을 정비해 새롭게 흐르도록 만드는 '영혼의 가압장'이라는 비유를 내걸었다. 문학관을 만든 사람들의 자부심이 느껴진다. 낡은 건 그저 부수고 산이고 뭐고 잘라내 크게 짓는 것만 능사로 아는 세상에 제 임무를 다한 오래된 기계실과 물탱크에 새로운 생명을 부여한 젊은 건축가가 있다는 게 고마워 이름을 물었다. 이소진 건축가.

시인채라는 이름이 붙은 제1전시실은 여느 문학관과 비슷하다. 시인의 일생을 시간적 순서에 따라 배열하고 사진과 친필원고, 영인본 등이 진열되어 있다. 그저 그런 문학관이라는 생각이 뒤집히는 건 열린 우물이라는 이름을 가진 제2전시실을 만나면서이다. 가압장 기계실을 문학관으로 변경하는 설계를 마쳐가는 시점에 건물 안쪽에 숨어 있던 물탱크 두 개를 발견하게 되어 고심 끝에 탄생한 공간이라 한다. 열린 우물은 물탱크의 천정을 뜯어내

하늘을 보이게 만들었다. 열린 우물은 시인채에서 닫힌 우물로 내려가는 길이면서 하늘로 난 우물이다. 파란 하늘이 사각 우물처럼 들어온다. 물탱크에 저장된 물의 흔적이 밝은 햇살 아래 그대로 드러나 그 자체로 시간의 무늬를 이룬다. 이 공간은 <자화상>을 모티프로 했다는데 내가 보기에는 <자화상>과 <서시>, <별 헤는 밤>이 함께 있다. 윤동주는 주변의 모든 사물에 자신을 비추어 보는 사람이다. 우물에도 하늘에도 별에도 잎새에 이는 바람에도. 이렇게 하늘로 뚫려 있는 푸른 우물 속에 바람이 불고, 흰 구름이 흐르고, 팥배나무 잎새가 흔들리고, 가을이 있어 난 그곳에서 추억처럼 서 있는 사나이를 본 듯도 싶다.

제3전시실인 닫힌 우물은 물탱크를 그대로 살린 영상 전시장인데 우물에 갇힌 느낌, 윤동주가 세상을 떠난 후쿠오카 감옥에 갇힌 느낌이 들었다. 이 느낌, 이 묵중하고 갑갑한 어둠에 한 줄기 빛이 비쳤다. 물탱크 시절 작업자들이 드나들던 입구 뚜껑을 걷어내 만든 창문 덕분이다. 윤동주에게 시가 바로 그런 창문이었구나, 시대의 암흑기에 윤동주가 바로 그런 창문이었구나. 캄캄한 어둠을 비추는 한 줄기 빛. 가슴이 먹먹하다.

천천히 걸어 나와 시인의 언덕을 오른다. 1917년 북간도 명동촌에서 태어나 서울을 거쳐 교토에 갔다가 1945년, 겨우 스물여덟의 나이에 후쿠오카 형무소에서 숨을 거둔 청년 시인 윤동주가 살아냈던 시간. 그의 시로 석사논문을 쓰느라 끙끙대던 80년대 초반, 몇몇 사람들과 북간도 용정에 찾아가 가이드조차 가본 적이 없다며 말리는데 하루 일정을 작파하고 윤동주 묘소를 찾아 공동묘지를 헤매던 90년대 후반, 기어이 찾아내 술 한 잔 따르고 절 올렸던 감격까지 아슴아슴해진 2012년 시월, 도합 백년의 시간이 한꺼번에 몰려온다.

시인의 언덕에 바람이 분다. 오늘밤에도 별이 바람에 스치울 모양이다.

(2012)

지각

명상 프로그램에 신청했다. 도시에서 멀리 떨어진 산중에 위치한 명상센터에 가려면 몇 번을 갈아타면서 대중교통을 이용하든지 차를 가져가야 하는데 마침 서울에서는 전세버스가 종합운동장 옆에서 출발한단다.

기다리던 날이 왔다. 아침부터 늦지 말라는 문자가 왔다. 다른 것도 아니고 명상 프로그램에 가면서 늦을 사람이 어디 있으랴 웃으며 서둘러 나갈 준비를 했다. 단출하게 짐을 꾸리고 간단하게 점심도 먹고.

출발 예정지에 30분 전에 도착했다. 아무도 없다. 전세버스라도 기다리고 있어야 할 듯한데 버스도 보이지 않는다. 아침에 온 문자를 찾아 전화했다. 잠깐 점심 먹으러 왔는데 곧 갈 거라고 대답한다. 15분 전, 비슷한 행색의 사람들이 옹기종기 모여 들어야 할 텐데 지하철 출구에선 아무도 올라오지 않고 버스도 오지 않는다. 10분 전, 문제가 생긴 거구나, 한 줄기 생각이 섬광처럼 머리를 지나갔다. 전화를 해도 계속 통화중이다.

난 동대문역사문화공원 2번 출구에서 기다리고 있었다. 전철에서 안내 음성을 들으면서도 역사문화공원으로 이름이 바뀌었어도 여기가 동대문운동장 역이라는 걸 아니 얼마나 다행인가 생각했었다. 그런데 그게 아니라 잠실종합운동장 역 2번 출구였던 것이다. 아악!

분명 안내 메일에 종합운동장이라 왔을 것이다. 그런데 그걸 보면서도 난 철석같이 동대문운동장으로 믿어버린 것이다.

내게 문자를 보내고 통화한 사람은 버스 기사였다. 동대문운동장이라구요? 거기서 잠실운동장까지 오려면 아무리 빨라도 30분은 걸릴 텐데 어쩌냐고 황당해 하다가 가실 분들에게 양해를 구해볼 테니 최대한 빨리 오시라고, 별다른 방법이 없지 않느냐고 전화를 끊었다.

계단을 뛰어 내려가 전철을 기다려 타고 가는데 전철 안에서도 뛰고 싶은 심정이었다. 얼굴은 빨갛게 달아오르고 심장은 쿵쾅거리고 마음은 줄곧 자신을 탓하느라 지옥이다. 세상에나, 이런 실수를 하다니, 이런 멍청이가 있나. 평생 약속 시간을 지키려고 노력하며 살았고, 사실을 고백하자면 약속 시간 어기는 걸 두려워할 정도라 다소 강박적이라는 말까지 듣는 사람인데… 다른 사람 늦는 것엔 그럴 수도 있지 하고 넘어가지만 내가 늦는 건 상상조차 할 수 없었다. 대체로 약속 시간보다 30분 전엔 도착해야 마음이 편하고 잘 모르는 길일 땐 그것까지 감안해 더 일찍 집을 나서기 때문에 한 시간 전에 도착하는 일도 부지기수다. 그런데 버스가 제때 출발해야 프로그램 시작 시간에 맞출 수 있는 이런 때 결정적인 실수를 하게 된 것이다. 낯을 들 수가 없다는 표현은 이런 때 쓰는 거구나 생각할 때 다들 쾌히 양해하셨으니 마음 편히 오시라는 전화를 받았다.

왜 그런 착오가 일어났을까 곰곰 생각해보자 단서 하나가 떠오른다. 대학 1학년 때 서울로 진학한 친구를 만나러 서울에 온 적이 있다. 그때 서울운동장(지금의 동대문운동장)에서 봉황대기 전국 고교야구대회가 열리고 있었다. 함께 어울린 동아리 선배들이 모교인 대전고등학교가 결승전에 올라갈 거라고 같이 응원가자고 해 따라갔었다. 대전고등학교는 아쉽게 패해 3위에 머물렀지만 야구장의 그 열기와 함성은 굉장히 인상적이었다. 그런 이유에서 서울에서 운동장이라고 하면 당연히 동대문운동장만 각인되어 있었던 모양이다.

허겁지겁 버스에 오르자 기사아저씨가 급히 오느라 고생하셨다며 환히 웃는다. 늦어서 미안하다고 꾸벅 인사하고 자리에 앉자 버스가 출발했다. 프로그램에 늦으면 어쩌냐고 호들갑 떠는 사람도 없고, 기다려 준 걸 티내는 사람도 없고, 어쩌다 늦었느냐고 걱정해주는 사람도 없고 아무 일도 일어나지 않았다는 듯, 아무도 아무 것도 문제 삼지 않았다.

문득 나를 감싸고 조여주고 있던 껍데기가 우지끈 부서지며 떨어져 나갔다. 이제껏 내 삶은 내가 선택하며 살아간다고 믿었다. 그런데 그 선택을 지켜 나갈 수 있는 건 다른 사람이 도와주는 덕분이라는 걸 확연히 깨달은 것이다. 내 의지로 프로그램 참여를 선택하고 내가 그 대가를 지불했기 때문에 참여한다고 생각했지만 정작 이 많은 사람이 30분씩 기다려 주었기에 가능해진 것이다. 나를 도와주는 사람은 늘 내 주변에서 나랑 가까이 지내는 사람일 것이라 믿고 있었지만 사실은 한 번 본 적도 없는 낯선 사람들이기도 하다는 놀라운 경험을 한 것이다. 남을 돕는 일은 기꺼이 하지만 도움 받는 일은 되도록 당하지 않으려고 애를 썼지만 그게 얼마나 가소로운 착각이었던가. 인간이란 존재는 식물의 도움 없이는 숨도 쉬지 못하는 것을.

시작이 반이라더니, 하려고 마음먹자 지각도 나를 명상의 세계로 데려간다.

(2012)

페도라

    남편은 30대 초반 막 사회생활을 시작하면서 죽을 때까지 식이요법과 운동요법을 해야 하는 성인병 진단을 받았다. 어머님은 어려서는 집안이 가난해 먹고 싶은 걸 못해 줬는데 이제 제가 벌어서 먹고 싶은 걸 먹을 만큼은 버는데 이게 무슨 야박한 병이냐고 우셨다. 그는 먹을 걸 맘대로 먹지 못하자 아무 것도 하고 싶은 게 없다며 어느 것에도 의욕을 보이지 않았다. 점점 웃음에 인색해지더니 표정이 굳기 시작한 것은 그 즈음부터다. 늘 피곤하고, 기운 없다며 세상 어떤 일도 재미가 없다고 툴툴댔다. 이 일 저 일 부산히 움직이는 나를 보면 건강해서 좋겠다, 재미있는 일도 많겠다, 하면서 이불을 머리끝까지 올려 쓰곤 했다.

    조심한다고 했어도 합병증이다 뭐다 119 신세도 여러 번 지고, 유서를 써놓을 만큼 큰 수술도 하며 30년을 보낸 그가 환갑을 맞았다.

난 정말, 뜬금없이 양모 펠트로 만든 회색 페도라를 선물했다. 크라운의 띠는 신혼 때 그가 즐겨 매던 넥타이로 만들었다. 그는 옷차림에 무심해 십 년 전 사진이나 이십 년 전 사진이나 입고 있는 옷이 똑같은 사람이다. 중고등학교나 군대에 있을 때를 제외하고는 모자를 써본 적도 없다. 그래도 이제 육십갑자를 한 바퀴 돌았으니 남은 생애는 이제까지와는 다르게 살기를 바라는 아내의 절실한 마음을 담았다.

페도라를 받아든 그는 키 작은 사람은 모자를 쓰면 더 작아 보인다며 마뜩찮은 표정을 지었다. 그래도 첫눈에 크라운을 두른 넥타이 띠는 알아보았다.

처음 페도라를 쓰고 외출한 날 그는 얼굴이 상기된 채 돌아왔다. 모임에선 서로 그 모자를 써보겠다고 한바탕 소동이 일었단다. 모자 하나로 주변 사람들을 깜짝 놀라게 할 수 있다는 사실을 체험한 그는 그 재미를 즐겼다. 거기다 페도라 쓴 아빠를 본 딸이 몸에 딱 맞는 멋쟁이 재킷을 선물했다. 무채색 의상에 동네 형에게 물려받은 듯한 헐렁한 재킷을 아무렇지도 않게 몇 십 년씩 입던 사람이라 꼭 맞는 옷이 불편하다더니 얼마 후부턴 그동안 이렇게 큰 옷을 어떻게 입고 다녔는지 모르겠다며 스스로 수선집을 찾아가고, 함께 선물 받은 와인색 바지가 어둡다며 더 밝은 색 옷을 사러 가자고 청하기도 한다.

옷을 밝게 입으니 사람이 달라 보였다. 거울 앞에서 흡족해 하는 그에게 웃기까지 하면 훨씬 젊어 보일 거라고 하자 그는 당장 웃는 연습을 시작했다. 그리고 변신에 성공했다.

펠트 페도라만이 아니라 짚으로 만든 여름 페도라도 즐겨 쓴다. 머리를 길러 파마하고, 머리를 묶고 다니기도 한다. 파격적인 패션을 즐기며 그는 30년이나 뒤집어쓰고 있던 우울한 페르조나를 벗어던지고 호기심 많은 밝고 경쾌한 소년으로 되돌아왔다. 활짝 웃으며 사랑해, 고마워를 입에 달고 사는 그 덕분에 우린 신혼 2기를 보내는 중이다.

석가모니가 연꽃 한 송이 들어 올리자 구름처럼 모여든 무리 중에 가섭 존자만 미소 지었다더니 우린 페도라로 이심전심을 확인하고, 페도라 이후의 삶을 즐기고 있다.

셜리 천*, 고마워요!

(2013)

---

* 셜리 천은 아시아 사람으로는 처음으로 파리 모자전문학교를 졸업한 모자 디자이너로 '루이엘'이라는 부띠끄를 운영한다. 남편에게 선물한 페도라는 2012년 셜리 천이 진행한 <루이엘 모자의 날> 행사에 초대받아 만든 작품이다.

이중섭과 〈황소〉

바탕은 온통 붉다. 머리가 강조된 황소 한 마리 입을 크게 벌리고 울부짖고 있다. 벌름이는 코와 크게 벌린 입이 바탕색과 같이 붉다. 큰 눈에 붉은 색이 어려 울어서 충혈된 것처럼 보인다. 전체적으로 강렬한 터치이지만 정작 소는 애절해 그 붉은 울음이 우렁우렁 들리는 듯하다.

이중섭미술관이 있다고 해 무조건 찾아간 2003년 7월 서귀포 이중섭미술관에서 〈황소〉를 만났다. 미술관에는 정작 이중섭 그림이 많지 않고 〈섶섬이 보이는 풍경〉을 봐도 너무 작아 감흥이 없었는데 오히려 전시장 입구에 확대 복제되어 걸린 〈황소〉가 사람을 잡아끌었다.

미술관 아래 초가에 실제 이중섭이 살았던 방이 있었다. 방이 세 칸인 일자 초가집 오른쪽 끝방이 1·4후퇴 때 고향 원산을 떠나

서귀포까지 오게 된 이중섭 가족이 열한 달 동안 머물렀던 곳이다. 컴컴한 부엌과 거기에 딸린 좁은 방 한 칸, 부부가 누우면 아이들 뉘일 공간도 없어 아이들을 부부 배 위에 놓고 잤다는 방. 그 좁은 방 벽에 '소의 말'이라는 글귀가 적힌 종이가 붙어 있었다.

 높고 뚜렷하고
 참된 숨결

 나려나려 이제 여기에
 곱게 나려

 두북 두북 쌓이고
 철철 넘치소서

 삶은 외롭고
 서글프고 그리운 것

 아름답도다 여기에
 맑게 두 눈 열고

 가슴 환히
 헤치다

화폭 가득 애절한 붉은 울음을 풀어놓은 그림을 보아서인지, 이중섭과 마사꼬의 안타까운 사연이 오간 편지를 읽어서인지, 가슴이 뭉클해지는 삶의 흔적을 맛보아서인지 '삶은 외롭고 서글프고 그리운 것'이라는 말이 가슴에 걸려 수시로 떠올랐다.

이중섭의 다른 <황소> 진본을 만난 곳은 2012년 부암동에 새로 문을 연 서울미술관이다. 인왕산 자락의 거대한 바위와 아름다운 계곡 그리고 흥선 대원군의 별장이었다가 나라가 망하면서 고아원, 병원 등으로 쓰이다가 민간 소유가 된 석파정이 서울미술관으로 다시 태어나 <둥섭, 르네상스로 가세-이중섭과 르네상스 다방의 화가들>을 개관전으로 전시를 시작했다. '둥섭'은 중섭의 서북 지방 사투리로 화가 본인이 즐겨 사인하기도 한 이름이다. 여기서 본 <황소>는 전혀 다른 느낌이었다. 강렬하고도 자유로운 선으로 그린 황소는 뿔로 무언가를 들이박을 듯 앞으로 돌진하다, 그리운 이의 부름이라도 들은 듯 고개를 들어 관객과 눈을 마주치고 있다. 휘몰아치는 붓질에 박력이 넘치는데 표정은 의외로 순박해 눈길을 잡았다.

서울미술관을 세운 안병광 회장은 1983년 비를 피하러 액자가게에 들어갔다가 우연히 이중섭의 <황소>를 보게 되었고, 작품의 에너지에 끌렸던 그는 수중의 돈 7000원을 털어 복제사진을 사 그날 아내에게 주면서 "언젠가 진품을 사서 선물하겠다"고 다짐했다고 한다. 그는 1985년 여의도 시범아파트로 이사하면서 이중섭과 가까웠던 구상 시인을 이웃으로 만나 화가의 삶에 대한 이야기를 전해 들으며 관심이 더욱 깊어져 1990년대 중반부터 이중섭 작품을 사 모으기 시작했고 마침내 2010년 <황소>를 36억 5천만 원에 사들여 아내와의 약속을 지켰다고 한다. 2007년 사옥을 짓기 위해 석파정 터를 사들였으나 석파정이 유형문화재로 등록되어 있어 미술관밖에 지을 수 없자 이것도 운명이라 생각한 그는 자신이 30여 년간 모은 미술작품 100여 점을 세상과 공유하는 공간으로 만들어 서울미술관을 열게 되었다고 한다.

<황소> 그림 앞에서 한 작품의 에너지가 어떻게 작동하는지 상상하자 화가가 그려 넣은 '높고 뚜렷하고 참된 숨결'이 내게도 전해지는 듯했다.

이 <황소> 두 마리가 <한국근현대회화 100선> 전시회를 통해 진본으로 나를 찾아 왔다. 그림 두 점을 나란히 보고 있자니 외롭고 서글프고 그리운 사람을 견디게 하는 높고 뚜렷하고 참된 숨결이 철철 넘쳐 가슴이 환해진다.

(2013)

딸의 혼례

선배님을 서운하게 했으니 제가 밥 사겠습니다. 괜찮은 곳 알아 놓았으니 시간 내주세요.

조촐한 혼례를 오래 꿈꿨어요. 하지만 양가가 합의해야 하는 일이니 미리 내색할 수는 없었지요. 딸 혼사를 치르게 되었는데 다행히 사돈들과 생각이 같아 양가 가족과 신랑 신부 친한 친구 몇만 불러 아담하게 치렀어요.

가족 중에는 우리 어머님을 설득하는 게 제일 어려웠으니 혼사를 둘러싼 문화의 강고함을 느낄 수 있었지요. 그동안 남의 집 혼사에 다닐 만큼 다녔고, 손주사위며 손주를 자랑도 하고 싶은데 그걸 왜 못하게 하느냐는 말씀이지요. 그래도 치르고 나서는 좋아하셨어요.

주례 없는 결혼식을 했어요.

신랑이든 신부이든 존경할 만한 분이 주례를 서는 게 나쁘지는 않지만 우리 전통 혼례에도 주례가 없었으니 그걸 따르기로 했지요. 대신 축사는 양쪽 집안의 아버님이 해주시기로 했구요. 사돈댁은 두 번째 혼사인데 첫 혼사도 주례 없이 치렀다 하시더라구요.

혼례 때 양가 안사돈만 걸어 나가 촛불을 켜고 인사하는 게 저는 늘 마음에 걸렸어요. 그래서 시댁 어르신들이 앞서고 우리 부부가 뒤따라 나가 함께 초를 켜고 서로 인사를 나누었어요.

서양식 혼례에서 제일 마음에 들지 않았던 것이 신랑은 혼자 씩씩하게 걸어 나가고 신부는 아버지와 함께 나가 신랑에게 건네지는 의식이었어요. 아버지의 재산에서 남편의 재산으로 넘겨지는 기분, 남자는 혼자도 당당하고 독립적이지만 여자는 아버지에게 기대거나 남편에게 기대 살아야 하는 보조적인 존재임을 알리는 의례처럼 여겨졌던 것이지요. 그래서 우린 신랑도 혼자 걸어 나가고 신부도 혼자 걸어 나가는 쪽을 선택했어요. 동시에 입장하는 예식도 많이 보았지만 각각 따로 들어와 둘이 하나가 되는 의식을 살리고 싶었던 것이지요.

보통 뒷모습만 보여주게 되는 혼례와 달리 신랑신부 두 사람이 하객을 바라보고 앞에 섰지요.

사회자의 안내에 따라 두 사람이 마주 보고 각자 써 온 혼인서약서를 읽었어요. 세상에서 가장 소중한 그대를 아내로, 남편으로 맞이하면서 서로를 존중하고 사랑하며, 지금 이 마음 그대로 영원히 함께 할 것을 참석하신 모든 분들 앞에 맹세하는 예쁘고도 엄숙한 시간이었어요. 그리고 서로에게 사랑을 다짐하고 증거하는 반지를 끼워 주었지요.

다음은 성혼선언문을 낭독할 차례인데 양가에서 가장 연세가 많으신 우리 어머님이 나가셨어요. 손자가 연단까지 모시고 나갔지요. 처음엔 어떻게 내가 그런 걸 하느냐고 마다하셨지만 손수 손주를 키우셨고, 마침 주례 없이 하는 혼례인데다 양가에서 제일 어르신이시니 그것 자체로 의미가 있다고 설득했더니 수락하셨어요.

사돈 어르신이 **빨리** 솔직하게 말하고, 서로 **주의**하고, 서로 **노**력하고, (양가 가족을) **초대**해 친밀한 가정을 만들고, 서로의 흉허물은 **파묻고**, **남편**을 존중하고, **보고** 또 보는 부부가 된다면 무지개 같은 결혼생활을 할 수 있을 거라고 말씀하셨지요.

남편은 나가서 가족과 하객에게 짧게 감사한 뒤 축가를 불렀어요. <생명의 양식>이라는 성가곡인데 아빠가 딸에게 주는 축복으로 가사내용을 바꾸었어요. "아름다운 오늘, 찬란한 이 시간 행복한 가정을 이루려 하네. 오 축복 있으라, 두 사람에게. 사랑, 평화, 영원히 있으라. 사랑, 평화, 늘 함께 있으라. 사랑은 언제나 어려움 속에서 우리게 희망과 용기를 주네. 오 축복 있으라, 두 사람에게. 사랑, 평화, 영원히 있으라. 사랑, 평화, 늘 함께 있으라."

신부는 잠깐 울컥, 하는 듯했지만 곧 평정을 되찾았는데 하객들 중에 눈시울을 적신 사람이 많았다네요. 노래를 잘해서라기보다 아버지의 진솔한 마음이 전달되어 그랬겠지요. 제 동생들은 병마에 시달린 형부가 무사히 환갑을 넘기고 사위를 보는 자리에서 축가도 부르는구나 싶어 가슴이 뭉클했다고 하더라구요.

이어서 신랑이 신부에게 바치는 축가를 불렀어요. 김동률의 <감사>라는 노랜데 가사도 곡도 참 아름다워요. "이제야 나 태어난 그 이유를 알 것만 같아요. 그대를 만나 죽도록 사랑하는 게 누군가 주신 나의 행복이죠"가 절정이더라구요.

양가 부모에게 신랑신부가 인사한 뒤 하객들에게 인사하고 새로 탄생한 새 부부가 행진해서 나갔다 들어와 기념사진을 찍었지요.

하객들이 담소를 나누며 점심을 먹는 사이에 새 부부는 한복으로 갈아입고 다시 입장해 웨딩케이크를 자르고, 신랑 친구가 다시 축가로 마시멜로 같은 사랑 노래, 브라운 아이드 소울의 <Nothing better>를 부르자 사회자가 신랑에게 'Nothing better'란 가사가 나올 때마다 신부에게 뽀뽀하라고 주문해 딸이 수없는 뽀뽀세례를 받았지요. 다음엔 초등학교 때부터 학교도 같이 다니고 성당도 같이 다닌 신부 친구가 나와 추억과 축하를 담은 편지를 나긋하면서도 낭랑한 목소리로 낭송했어요.

그리곤 양가 부모와 신랑신부가 함께 하객들에게 일일이 인사했구요.

결혼식이 아니라 의미 있는 문화행사에 작은 음악회가 곁들여진 듯하다고 말씀하시는 분들이 계셔서 혼례를 주관한 사람으로서는 기분이 좋았지요.

혼례 올린 뒤 한복 입고 어른들에게 인사하고 싶다는 사위의 청을 받아들여 양가 어른들에게 절 올리고 덕담을 듣는 폐백도 간소하게 진행했어요. 양가가 워낙 번다한 집안이라 항렬 같은 어르신들께선 다같이 절을 받았지만 젊은 친구들은 그것도 힘들었을 텐데 힘든 내색 없이 함박웃음 지으며 절하고 술 올려 그 또한 보기 좋았답니다.

서운하실 마음이 충분히 이해가 되어 참석한 것처럼 상상하시라고 하나하나 말씀 드렸어요.

사람을 넓게 사귀지 않는 제가 제일 가깝게 여기는 분이 선배님인데도 연락드리지 못한 것은 누구는 부르고 누구는 안 부르고 이런 이야기를 듣지 않기 위해서는 가까운 혈연가족이라는 경계를 분명히 하지 않으면 서운해 하실 분이 너무나 많기 때문이었습니다. 그러니 서운한 마음 푸시고 시간 될 때 즐겁게 맛난 거 먹으러 가요!

연락 기다릴게요.

(2013)

3부

외국인 노동자

도의 구체적 증거

아무 일도 할 수 없었다. 앉아 있어도 마음처럼 되지 않고 일어서도 다시 곧 앉을 수밖에 없었다. 마음이 몸을 부린다고 생각했지만 이건 달랐다. 마음은 아무런 힘도 쓰질 못했다. 그저 몸을 달랬다. 돌보지 않고 함부로 부려먹어서 미안하다고, 필요한 게 무엇인지 가늠하지 않고 아무 거나 먹어대서 미안하다고, 너무 적게 먹거나 너무 많이 먹어서 미안하다고, 자기 직전까지 먹어서 미안하다고. 눈을 감고 따뜻한 손으로 배를 쓸어주었다. 사과를 금방 받아주지는 않았다. 마음이 얼마나 변덕스러운지 잘 아는 모양이다.

젊을 때는 의지의 힘으로 산다. 하지만 나이 들면서는 몸이 하는 말을 들어야 된다는 걸 절감한다. 몸이 하라는 대로 하고, 몸이 허락하는 만큼만 하고. 그런데 그게 쉽지 않다. 몸은 끊임없이 신호를 보내는데 머리는 그 신호를 제대로 해독하지 않는다. 덜컥

앓아누운 뒤에야 아, 그때 그게 몸이 보낸 신호였구나 하는 걸 알지만 그때뿐 또 잊어버리곤 젊을 때의 습관대로 산다.

몸은 날마다 달라진다. 몸이 보내는 신호를 가장 확실하게 알 수 있는 방법이 그대와 대면하는 일이다. 하지만 뭐가 그리 바쁜지 제대로 맞기는커녕 오신다고 해도 좀 나중에 오라고 미루기까지 한다.

그제야 생각났다. 언젠가 TV에서 한 학자가 365일 황금빛으로 빛나는 그대를 만나는 일이 이 세상에서 제일 어려운 일이라고 했던 말이. 그는 그 일이 매일매일 외국어 단어 100개씩 외우는 일보다 어렵고, 돈을 몇 천만 원 벌겠다는 약속보다도 어렵다고 했다. 들을 땐 웃으며 흘려들었는데 이렇게 오랜 시간이 지난 뒤에도 기억나는 걸 보니 머릿속 어딘가에 저장되어 있었던 모양이다.

식품영양학과 교수가 그대를 관찰해서 일지로 써내라는 과제를 냈단다. 학생들은 처음엔 무슨 그런 과제가 다 있느냐며 입을 내밀었지만 학기가 끝나갈 무렵에는 다들 정말 고마운 과제였다고 입을 모았단다. 그 과제를 해본 사람이라면 누구나 공감하리라.

남편은 그대 이야기하기를 퍽이나 즐긴다. 그는 어떤 주제라도 그대와 연결시키는 재주가 뛰어나다. 그럴 때마다 또 시작이다 싶어 말을 막거나 눈을 흘겼는데 그럴 게 아닌 모양이다. 속담이나 재담엔 사람들의 지혜가 숨어있는 법, 곰곰 들어볼 일이다.

남편이 그러니 아이들도 그대 이야기에 퍽 익숙하다. 친구가 애인에게 뭘 선물하면 좋을까 물어봐서 설왕설래 이런 저런 제안이 오가는 자리에서 딸이 그대 이야기를 꺼냈단다. 순간 분위기는 찬물을 끼얹은 듯 급랭하고 한참 만에 그 중 제일 친한 친구가 놀랍다는 얼굴로 어떻게 그런 말을 입에 담을 수가 있느냐며, 자기는 그 단어를 입에 올리는 사람을 태어나서 처음 본다고 하더란다. 딸아이 체면이 참, 말이 아니게 되었다. 하지만 입에 올리지 않았다고 해서 그대를 모르거나 그대를 가까이 하지 않는 건 아닐 터, 그랬다면 여태까지 살아있을 수 없을 테니.

몸이 마음대로 되지 않으면 마음은 점점 더 조급해지고, 조급하면 할수록 몸은 점점 더 말을 듣지 않는다. 어떻게든 몸을 달래 급하게 나가려던 일정을 마음에서부터 취소했다. 몸의 주인이 몸이라는 걸 인정하고, 살아있다는 건 몸이 살아 있는 덕분이라는 걸 인정하고 몸에게 감사했다. 그러자 일단 통증이 가라앉았다. 천천히 따뜻한 물을 마셨다. 사과에 이어 감사를 바쳤어도 그대는 요지부동이다.

간절하게 약속했다. 그대가 입으로 들어가는 밥만큼 소중한 존재임을 깨닫고, 그대가 오신다고만 하면 언제 어디서든 우선적으로 모시겠다고. 이 세상에서 제일 어려운 일, 그 일을 시도해 보겠다고. 간절한 약속 끝에 그대가 오셨다!

이때부터 그대는 그 날 그 날 내가 깨닫고, 실천하는 도의 구체적 증거가 되었다.

(2011)

정순진 괜찮다 괜찮다 **136**

책을 내고 나서

책을 출간했다. 글 쓰는 사람으로, 자기 글을 엮어 책으로 내는 일은 기쁘다. 자본을 주인으로 섬기는 사회라 책 내면 얼마 버느냐고 묻는 사람도 있지만 돈을 벌지는 못해도 한 자 한 자 쓴 글자가 단어가 되고, 글이 되며 그 글이 모여 책이 된다는 게 여전히 신기하다. 그리고 그 추상적인 기호를 해독하여 내가 어떤 생각을 하고 있는지 어떻게 느끼고 있는지를 알아주는 사람이 있는 것도 고맙다.

많은 사람들의 생각과 달리 책은 저자의 것이 아니라 출판사의 것이다. 저자는 책을 내고 정가의 10%를 인세로 받는데 책이 필요한 나는 그 값만큼 책으로 받았다. 평론집은 책으로 받아도 그걸 읽어줄 사람이 없어 나누어 주지 않지만 수필집은 한국말 할 줄 아는 사람은 다 읽을 수 있는 책인데다 그간 책빚도 있어 책으로 받는다.

책을 쓰는 사람은 세상 사람을 두 부류로 나눈다. 내 책을 읽은 사람과 읽지 않은 사람. 한 사람의 독자를 만나는 일은 아무리 생각해도 기적이다. 누군가가 서점에 가서 혹은 인터넷으로 내 책을 사야겠다 마음먹는 일이 우선이다. 그 사람은 내 책을 어떻게 보게 되었을까, 왜 사야겠다 마음먹었을까, 읽고 나서는 어떤 마음일까?

가까운 사람 중에 책을 읽을 만한 사람과 책빚이 많은 사람에게는 인세로 받은 책을 준다. 그래도 내 생활과 인격이 그대로 드러나는 책인지라 아무에게나 줄 수는 없다. 책의 가치를 아는 사람, 책을 받으면 읽을 만한 사람을 고르게 된다. 가까운 사람에게는 웃으며 말한다. 책 한 권 받으면 최소한 열 권은 사야 되는 거라고 아니면 열 번은 그 책 좋은 책이라고 말해야 하는 거라고.

책을 받은 사람의 반응도 가지가지다. 고맙다고 손글씨로 편지를 보내거나 메일을 보내는 사람, 전화하는 사람, 메시지 보내는 사람, 전보를 치는 사람, 아무 연락도 없는 사람. 아무 연락도 하지 않는 사람에게는 괜히 보냈구나, 후회하게 된다. 애썼다며 밥 먹자는 사람은 아주 가까운 사람이다. 그래도 제일 반가운 반응은 책을 다 읽었는데 어느 글이 어때서 좋더라, 세세하게 이야기해 주는 사람이다. 보낼까 말까 망설이다가 보냈는데 전화해서 밥 먹자고 하고, 메일로 책의 내용에 대해 진지하게 이야기하며, 많은 사람들에게 그 글 참 좋더라고, 감동 받았다고 하는 사람을 대하면 참 미안하다. 그런 사람인지도 모르고 마음속으로 한 저울질이 부끄러워서. 전혀 모르는 사람이 책을 읽었는데 정말 좋았다고, 이런 부분에서 감동 받았다고 연락해오면 며칠 동안 마음이 두근거린다.

전화해서 다 읽었다고 말하더니 책에 자기 이야기가 많이 나올 줄 알았더니 별로 없어서 서운하다는 사람도 있다. 웃으면서 우리 사이에 글로 쓸 특별한 일이 뭐 있었나요? 했더니 별거 아니라도 글로 쓰면 좀 아름다워지고 그러잖아요, 한다. 아픈 사연이라도 글로 읽자매 아름답게 여겨졌던 모양이다. 친하게 지내는 일 자체가 글감이 되는 건 아니라는 걸 모르는 사람이다. 그래도 자꾸 그 사람 말이 생각난다. 나름 친하다고 생각했는데 속맘으론 배신당한 기분일까 싶기도 하고, 자신의 어느 면이 새롭게 발견되기를 바랐던 걸까 궁금하기도 하고.

이제 자기 이야기 그만 좀 쓰라고 항의하는 동생도 있다. 하긴 까맣게 잊고 있던 어린 시절 이야기가 툭, 툭 나오니 그것도 난감하겠다 싶다. 거기다 기억이라는 게 선택적이니 같은 일이라도 사람에 따라 다르게 기억하고 있는데다 남에게 밝히고 싶지 않은 이야기를 글로 써놓으니 그 집 아들 딸이 읽고는 어릴 때 정말 이랬느냐는 둥, 나도 그러겠다는 둥 한다니 곤란하기도 하겠다. 그 말을 듣고 보니 우리 식구 중에도 뭐 이런 것까지 다 글로 썼느냐고, 그건 정말 밝히고 싶지 않았다고 항의하고 싶은 사람이 있을지 모르겠다는 생각이 든다. 글쟁이 가까이 있는 사람들은 종종 그런 경우를 당한다고 한다. 글쟁이 중에는 자기랑 사이가 좋지 않은 사람을 나쁜 인물로 등장시킨다든지, 나쁜 사람의 이름으로 쓴다든지 해서 보복하는 사람도 있다고 들었다. 속 좁은 짓이다.

아는 사람이 보자마자 왜 책 안줘요? 하기도 한다. 에구, 나도 책 없는데… 그래도 말은 공손하게 시시콜콜, 생활이 다 드러나 있어서 주기 어려워요, 한다. 그러자 사람들 읽으라고 책으로 낸 거 아니에요 하며 항의까지 한다. 사든 빌려서든 읽겠다는 사람에게 공개하는 거지 내가 책을 주면서까지 공개하는 건 아닌데. 이런 말을 일일이 하기도 어려우니 책 내고 인심 잃기 십상이다.

첫 책을 낸 지 이십 년. 예전처럼 책 내기가 어려운 것도 아니고, 그야말로 도나 개나 책 낸다고 하는 시절인데도 이번 책은 특별했다. 살자면 어려운 시절도 있고 힘이 나는 시절도 있는 법이지만요 몇 년 평생에 한 번 겪을까 말까 한 일을 연달아 계속 겪어내야 했다. 자기에게 닥친 일을 겪어내지 않을 방법이 없으니 누구라도 겪어낼 수밖에 없겠지만 그 극심한 고통과 싸우지 않고 잘 대접해 보낸 느낌이었다. 횡액 혹은 우환으로 내게 온 그들을 축복으로 바꾸어 받았는데 물론 그럴 수 있도록 도와준 고마운 존재가 많았다. 내게 닥친 시련을 그냥 고통스러워하면서 보내지 않고 변화와 성숙의 계기로 삼을 수 있었던 것은 글을 쓰면서 상황을 정리하고 그 존재들에게 감사한 덕분이었다. 글을 묶은 것은 순전히 고마운 그 사람들에게 나누어 주고 싶은 마음에서였다. 또 살면서 시련 한 번 만나지 않는 사람은 없는 법이니 시련을 축복으로 바꾸는 비법을 나누고 싶어서였다.

어쨌거나 사람들은 자기가 돈 내고 산 책은 읽어도 공짜로 받은 책은 안 읽는 법이다. 그러니 받은 책을 읽어준 사람들이 더더욱 고맙다. 하긴 그 분들은 책을 공짜로 받은 게 아니기도 하다. 지켜 보느라 힘들었고, 격려하느라 애썼고, 사랑해서 마음이 아팠으니.

사랑해 주셔서, 고맙습니다.

(2011)

정미진 장학금

정미진은 내 동생 이름이다. 나이 마흔에 다른 세상으로 갔다.

그 날, 내가 병원 응급실에 도착했을 때 의사가 전기충격을 가하고 있었다. 그 옆에서 심장내과 전문의인 다른 동생이 보고 있다가 내 손을 잡더니 "미진언니 죽은 것 같아"라고 말했다. 머리를 세게 얻어맞은 듯했다. 그렇게 비칠거리고 있을 때 웬 낯모르는 여인이 염주를 돌리며 낮게 기도했다. 사고현장을 목격한 아주머니였다. 누군가 목격한 사람이 있어야 할 것 같아서 같이 구급차를 타고 오며 정신 차리라고 했을 땐 "예, 예"라고 대답했다며 안타까워했다.

죽음에도 준비가 필요하다는 걸 처음 알았다. 아프기라도 했다면 덜 억울할 것 같았다. 멀쩡하던 사람이 하루아침에, 음주 운전자에게 받혀 세상을 떠나다니, 받아들일 수가 없었다.

동생을 잃고 책이 보이지 않았다. 노안이 온 모양이라고 여기다 여러 달이 지난 다음 안과엘 갔더니 의사는 눈엔 이상이 없다며 정신적인 충격이 있었느냐고 물었다. 예전 대학시절에 아들을 교통사고로 잃은 교수님이 갑자기 앞이 안 보이고 소리가 안 들린다고 했던 기억이 났다. 몸과 마음이 멀리 떨어진 게 아니라는 걸 실감했다.

그러던 차에 제부가 보험금을 받았다며 남매에게 돌아가는 몫이라고 일천만 원씩을 나누어 주었다. 그 돈을 받자 그렇게 허망할 수가 없었다. 누구에게든 그 돈 도로 줄 테니 내 동생 내놓으라고 소리소리 지르고 싶었다. 동생 목숨 값이라고 준 돈을 쓸 수도 없고 통장에 넣어둘 수도 없었다. 돈이 얼마 안 되지만 동생이 가장 최근에 문학공부를 했던 대전대 문창과 석사과정에 장학금을 만들면 두고두고 동생 이름을 기억할 수 있겠다 싶어 다른 동생들에게 정미진 장학금을 만들자고 제안했다. 동의하는 동생도 있고 동의하지 않는 동생도 있었다. 뜻을 같이 하는 사람들끼리 2003년 2월 18일, 삼천만 원을 대전대학교에 전달했다.

해마다 가을 학과 축제 중에 석사과정에 있는 학생 한 명에게 장학금을 전달했다. 해가 거듭되어 받은 학생 수가 몇으로 늘어나자 기일 즈음에 자기네들끼리 동생의 유골이 있는 대전시립공원 묘지에 다녀오기도 하는 모양이다.

동생이 대학원엘 다녔기에 대학원에 장학금을 만들기는 했지만 학부생에게도 나누어 줄 장학금이 많으면 좋겠다는 생각이 들었다. 내 말을 들은 남편은 로또에 당첨되면 학과장학금으로 일억 원을 기부하겠다고 입버릇처럼 말하지만 아직까지 그런 횡재수가 찾아오지는 않았다.

대전대학교에 전임이 되면서부터 매월 조금씩 십 년을 모았더니 이천만 원이 되었다. 그 돈을 좀 불려 보려고 맘먹었다가 만져 보지도 못한 채 남의 수중으로 들어가 버리고 말았다. 잠시 속이 시끄러웠지만 내 것이 아니라고 포기한 채 잊어버리고 몇 해가 지났다. 그 사이 만약 내 손에 돈이 들어오면 학생들을 위해 쓰리라 다짐했다.

우여곡절 끝에 생각지도 않은 그 돈이 통장으로 들어왔다. 마음은 돈이 없을 때랑 있을 때랑 하늘과 땅만큼이나 달라졌다. 아무도 모르는 돈이 이천만 원 있다고 생각하자 밥을 안 먹어도 배가 부른 듯했다. 사고 싶었는데 이런 저런 이유로 사지 못했던 온갖 물건의 품목들이 떠올랐다. 안 사도 산 것만큼 마음이 든든해졌다. 며칠 사이 그 돈으로 살 수 있는 온 세상 물건을 다 가져 보았다.

괜히 눈이 번쩍 떠진 새벽, 그 돈을 동생 이름으로 된 장학금에 넣고 학부생 1명에게도 장학금을 주어야겠다고 마음먹었다. 마음이라는 게 얼마나 쉽게 변하는지 잘 알기에 눈 부비는 그를 붙잡고 내 결심을 밝혔다.

그 사람은 선선하게 당신이 쓰고 싶은 거 안 쓰고 모은 돈이니 하고 싶은 대로 하라고, 자기는 못하는 일이니 당신이라도 하라고 격려해 주었다.

돈이란 모여지기만 하면 쓸 곳이 생기는 법이라 2010년 11월 18일, 다른 쓸 곳이 생기기 전에 곧바로 기탁했다. 쓰고 나면 흔적도 없이 사라져 버리는 게 돈인데 이렇게 동생 이름으로, 동생이 공부하던 학교에서 그리고 내가 일하는 학교에서 공부하는 학생을 도울 수 있게 되어 정말 기쁘다.

기금이 더 많이 모여져서 더 많은 학생에게 장학금을 줄 수 있으면 좋겠다. 장학금을 받은 사람이, 공부하고 싶어도 공부할 수 없는 동생을 떠올리며 그 몫까지 열심히 공부하겠다 마음먹거나 글을 쓰고 싶어도 쓸 수 없는 동생을 떠올리며 그 몫까지 좋은 글을 써야겠다 마음먹기를 바라는 건 온전히 내가 누리는 기쁨이다.

오드리 햅번은 아들에게 "아름다운 입술을 갖고 싶으면 친절한 말을 하거라. 사랑스러운 눈을 갖고 싶으면 사람들에게서 좋은 점을 보아라. 날씬한 몸매를 갖고 싶으면 네 음식을 배고픈 사람과 나누어라"라는 유언을 남겼다고 한다. 오른손이 한 일을 왼손이 모르게 하라는 게 내가 따르는 가르침이지만 아들딸을 키우기에 엄마가 무엇을 소중하게 여기는지 알려 줄 필요도 있고, 어린 나이에 엄마를 잃은 동생의 유일한 혈육에게 자기 엄마가 자기

가슴에만 살아있는 게 아님을 알리기 위해서 이 기록을 남긴다. 또한 이 일은 내가 동생을 사랑하고 기리는 방법인 동시에 나와 인연이 닿은 젊은 인재를 가꾸는 방법이기도 하다.

사랑해, 정미진!

(2011)

도깨비, 다리를 놓다

자네, 도깨비 아는가?

그려, 도깨비 방망이를 가지고 다니기도 하고 도깨비감투를 가지고 있다고도 하는 존재. 그럼 그럼, 귀신과는 다르지.

내가 도깨비를 만났다네. 도깨비 중에서도 대장 도깨비, 비형랑.

비형랑이 누구냐구?

신라 제25대 진지왕眞智王이 도화녀라는 미녀를 탐냈어. 그런데 도화녀는 유부녀였어. 그래 두 남편을 섬길 수 없다고 했지. 그해 바로 왕이 죽고 2년 뒤 도화녀의 남편도 죽었는데, 하루는 갑자기 죽은 왕이 나타나서 이전의 약속을 지켜달라는 거야. 자네 같으면 어떻게 하겠나?

도화녀는 죽은 왕의 혼과 함께 7일을 지냈어. 그동안 도화녀네

집은 내내 상서로운 기운이 감싸고 있었다고 전해지지. 임신한 도화녀는 비형랑을 낳아. 진평왕이 이 소문을 듣고 신기하게 여겨 비형랑을 데려다 기르고, 비형랑이 열다섯 살이 되자 집사 벼슬을 주었다네. 비형랑이 밤마다 도깨비들과 노는 것을 알고 진평왕이 비형랑에게 다리를 놓으라 했더니 하룻밤 새에 다리를 놓았다는 거야. 도깨비들을 부려서. 그렇지, 비형랑은 도깨비들과 놀기도 하고 도깨비들을 마음대로 부리기도 하는 대장 도깨비인 거지.

자네 우리 집 이사한 건 알지? 그래, 노을채. 이사하고 삼 년 나기 힘들다더니 진짜 얼마나 힘든 사건이 꼬리에 꼬리를 물고 일어났던가. 그러자 만나는 사람마다 입이라도 맞춘 듯 이사 잘못해서 그렇다고 했잖나. 풍수도 안 봤냐고 책망하는 사람부터 잠자는 방을 바꾸어 보라는 사람, 터가 안 좋으니 이사 나오라는 사람까지 참 얼마나 말이 많았나. 내가 들은 얘기보다 못 들은 얘기가 더 많을 걸. 자네도 그랬잖은가.

집 가까이 산 있어 공기 좋고 물 좋은 곳이면서 30분 이내 거리에 병원과 직장이 있고, 시내버스 다니고 아, 거기다 동네 전체가 햇살 바른 남향인데 뭘 더 바라겠나. 이만한 조건을 맞추는 데만도 여러 해가 걸렸으니. 후딱 땅 사고, 집 지어 이사할 생각만 했지 풍수를 본다는 건 생각도 못 했지. 물론 아는 사람도 없고.

아, 그런데 아파트 생활 청산하고 시골로 들어간 사람 보고 다시 이사하라니, 말이 쉽지 그런 무책임한 말이 어디 있는가. 그냥 못 들은 척, 안 들리는 척, 귀 막고 지냈어. 벌써 오 년도 넘었잖나.

도깨빈 언제 만났냐구? 사실 몇 번 봤지. 첨엔 집터 이야길 하며 우리 집엘 좀 와보라 했더니 인덕 좋은 사람이 살면 삼살방과 대장군방이 겹쳐진 곳이라도 '아이고, 우리가 방위를 잘못 짚은 모양이네' 하며 물러간다면서 걱정 말라고 웃기만 하더라구. 그때만 해도 그 사람이 비형랑인지 몰랐지.

며칠 전에 만나자 하루아침에 우리 집 동쪽과 서쪽에 다리를 세 개나 놓았다는 거야. 그게 뭔 말이냐고 했더니 집엘 와 보니 집 앞쪽은 볕도 바르고 사람들도 많이 왕래하는데 대문이 있는 동쪽과 서쪽은 절벽이더래. 그래서 다릴 놓았다며 이젠 아무 일 없을 테니 두 다리 쭉 뻗고 자라더군. 그제야 아하, 이 사람이 비형랑이구나! 하고 알았다니까.

신라시대에는 "성스러운 임금의 혼이 아들을 낳았으니 온갖 귀신들은 비형랑의 집으로 날아가고 여기에는 얼씬도 하지 말아라"라는 내용의 글을 걸어놓고 귀신을 쫓는 풍속이 있었다는데 비형랑이 다리까지 놓아주며 우리 집을 지켜 준다 생각하니 어찌 안심이 되고 고맙던지.

그럼그럼! 사례를 해야지. 도깨비야 워낙 소박한 신격이라 술과 돼지고길 좋아한다네. 걸판지게 차려놓고 대접하는 날, 자네도 오게나. 곧 기별함세! 아, 그럼 진짜지.

(2012)

외국인 노동자

아들이 미국에 갔다. 남들처럼 공부하러 간 게 아니라 일하러. 미국은 이민자들의 나라이지만 그건 200년 전 이야기, 지금은 그 초기 백인 이민자들의 후예가 다른 나라의 이민자를 차별하는 나라이다. 유학을 가서도 황인종이라 차별 받는 게 아닐까 하는 우려와 의심을 일상적으로 느낀다는데 하물며 연수생 신분으로 갔으니 오죽 하랴 싶어서 마음이 아프다.

1년 미국에서 지내본 경험으로 보면 미국에서 돈 안 벌고 돈을 쓰기만 하면 대체로는 친절하다. 그런데 일하려고 하면 태도가 달라진다. 더구나 지금 미국은 경제위기가 심각하고 일자리를 구하기가 어려운 상태다.

대학을 졸업하고도 취업이 어려워 젊은이들은 이력서에 한 줄 올리려 벼라별 일을 다 한다. 이른바 스펙관리. 해외연수도 그 중

하나이다.

텍사스 산안토니오라 한다. 내 생에 한 번도 생각해보지 않은 열사의 땅.

호텔경영학과에 재학 중인 아들이 지도교수와 상의해 해외연수를 다녀오겠다고 말한 건 지난 해 여름방학 직전이었다. 늦어도 추석 즈음에는 나가게 될 거라 예상하고 학교 앞에서 자취하던 방도 빼고 집으로 들어왔다. 하지만 생각대로 진척되지 않았다. 기다리는 일이 얼마나 힘들던가. 그러다 뉴욕에 있는 힐튼 호텔과 면접을 하고 합격을 통보받았다. 그러나 호텔 측에서는 비자를 위해 필요한 서류를 보내지 않고 계속 기다리라는 말만 하기를 두어 달, 그냥 시간만 보내기에 지친 아들이 다시 다른 곳에 시도해 확정지은 곳이 산안토니오에 있는 힐튼 호텔이다.

호텔경영에 대한 연수라면 어떤 일을 배우는 걸까 상상하던 에미는 정말로 너무 순진했다. 아들은 그 뜨거운 더위에 모자도 못쓰고 야외 풀장을 청소하고, 야외 식당에 바비큐 그릴을 준비하고, 에어컨 필터를 가는 등 막노동을 하고 있었다. 원래 계약과 다르지 않느냐고 따지면 지금은 호텔이 바빠서 그렇고 곧 연수 프로그램으로 들어갈 거라는 말만 되풀이한단다.

말만 그럴 듯하게 연수지 사실 막노동꾼을 공수받는 프로그램인 셈이다. 미국에서는 싼값에 젊은 외국노동력을 부릴 수 있으니 선호하고 우리 젊은이들은 그거라도 한 줄 이력서에 올리면 나아

질까 기대하며 나가는 것이다. 내막이 이렇다 보니 미국에서는 해외 인턴을 하려는 한국 학생들을 상대로 사기행각이 일어나기도 하고, 한국에서도 해외 연수를 가려는 학생들을 상대로 상술을 펼치기도 한다. 우리나라에 들어오는 외국인 산업연수생들도 마찬가지가 아닌지 처음으로 외국인 노동자에 생각이 미쳤다. 내 아들이 미국에서 외국인 노동자로 있게 되니 우리나라에 있는 외국인 노동자가 눈에 들어오는 것이다.

아들은 사고로 머리끝부터 발끝까지 다쳤던 아이다. 부서져 조각조각 이어진 상태에 있기도 하고 다시 붙으면서 각도가 달라져 자주 통증을 느끼는 상태인데 문제는 겉으로 너무나 멀쩡해 보인다는 사실이다. 젊은 청년인 것이다. 아들의 상태를 다 아는 부모도 순간순간 그 사실을 잊어버리는데 아무 사정도 모르는 남들이야 오죽하랴. 더군다나 그런 일을 해야 하는 직급에 있는 사람인데.

텍사스가 특히 인종차별이 심하고 마약도 흔하게 돌아다닌다는 말을 들었을 땐 내 무지에 화가 났다. 아들이 시카고랑 텍사스 두 군데 자리가 났는데 어디가 낫겠느냐고 물었을 때 사실 난 아무 것도 아는 게 없었다. 몇 가지 이유를 들어 아들이 텍사스를 선택했을 때 그냥 그런가보다 하고 내버려 둔 게 이렇게 후회스러울 수가 없다.

한 달, 두 달, 세 달, 시간이 천 천 히 흘렀다. 아들은 "걱정 마세요! 잘 버틸 게요", "어떻게든 일 년 버티고 갈게요" 하는 말을 반복했다.

한밤중에 깨보니 아들이 전화했었다. 이건 처음 있는 일이다. 번호를 누르자 아들은 다짜고짜 "엄마, 나 이대로 돌아가도 받아주실 거죠?" 묻는다. "그럼! 아니다 싶으면 언제든 돌아와. 언제든 네 판단을 믿을게." 하는 대답에 "너무 힘들어서 그냥 돌아와도 된다는 그 소리를 듣고 싶었어요. 그래도 버틸 거예요. 걱정 말고 주무세요." 하고 끊는다.

이틀 뒤 어떤 자리에서 자신을 위로해 준 한 마디 말을 나누게 되었다. 우리 조에 있던 수사님이 아버지의 메모 이야기를 들려주었다. 처음 수도원에 들어간 날 식구들이 돌아가고 난 다음에 보니 책상 위에 메모가 있었다 한다. "아들아, 힘들면 언제든 돌아와라." 짧고 단순한 그 말에 기대어 사반세기를 살고 있다고 한다.

그래도 불안하다. 내가 전혀 모르는 세상에, 가장 낮은 지위로 내던져진 아들. 내가 가봐야 하는 건 아닐까 하는 마음과 스물다섯이나 되었으니 혼자 판단하고 혼자 결심하도록 기다려야 한다는 생각 사이에서 머무르는 것은 고통스럽다. 하지만 이 고통을 감내하는 것이 엄마의 길이라는 생각에 그대로 머무르기로 한다. 아들의 인생은 아들의 것, 아들의 선택을 기다리면서.

(2012)

막걸리 한 잔

하얀 보시기에 담긴 뽀얀 막걸리 한 잔, 금요일 저녁이 즐겁다.

지난 봄 참죽나무 새순을 따다 장떡을 만들었다. 고소한 기름 냄새 뒤로 흙냄새인 듯, 떫은 듯, 쓴 듯 복잡하고 강렬한 향이 훅 풍기는 참죽나무 장떡. 장떡만 먹기엔 간도 세고 떡 떡 걸릴 듯도 해 술술 넘어갈 막걸리도 한 병 준비했다.

남편이 앉기를 기다리는 짧은 순간, 어머님이 두 손은 얌전하게 모으고 눈은 막걸리를 바라보며 입맛을 다셨다. "참 맛있겠다!" 혼잣말 같은 그 말을 듣는데 갑자기 몇 번이나 더 어머님이랑 참 죽나무 장떡에 막걸리를 마실 수 있을까 싶어 가슴이 울컥했다.

그 뒤론 자주 금요일 저녁에 간소한 안주를 마련해 막걸리 한 잔을 마신다. 한 주를 마무리하는 느긋하고 편안한 시간에 벌이는 작지만 흥겨운 잔치. 나물 한 접시 혹은 부침개 한 장 또는 두부

한 모, 호사스러울 땐 수육 몇 첨. 안주는 매번 바뀌지만 막걸리는 언제나 대전원생막걸리 제일 작은 병이다.

시름도 설움도 아픔도 슬픔도 마구 걸러주는 막걸리.

무거운 몸과 마음을 훨훨 날아오르게 띄워주는 막걸리 한 잔에 우리는 시어머니와 며느리, 어머니와 아들, 삼십 년 이상을 살아 데면데면해진 그렇고 그런 부부의 굴레를 벗어던지고 친구가 된다. 합해서 이백 살이 넘는 우리의 나이를 내려놓고 모두 다 예닐곱 살 어린애가 된다. 근심, 걱정 홀홀 던져버리고 누군가 풀어놓은 우스갯소리에 흠뻑 빠져 까르르 까르르 시도 때도 없이 웃음을 터뜨린다. 샤갈의 그림처럼 모두들 둥싯둥싯 떠올라 하늘을 날아다닌다.

막걸리 한 잔이 초대하는 놀라운 세상!

작은 일탈이 주는 홀가분함.

내 속으로 낳은 자식이라 해도 어찌 자식의 모든 걸 이해할 수 있으랴. 하물며 바라보기도 아까운 아들의 마음을 독차지해 버린 며느리가 살갑기만 할 리가 있겠는가. 살아온 시대가 다르고, 겪어온 경험이 다르고, 생각과 느낌이 다르고, 하는 일이 다르고 저마다 서 있는 입장이 다르기에 아, 우린 저마다 다른 존재이기에 같은 공간에서 사는 게 부대끼기도 한다. 무던한 사람들이라 내색하지 않을 뿐.

그런데 막걸리를 한 잔 마시면 모두들 너그러워진다. 가벼운 흥분에 목소리가 높아진다. 짐짓 과장되게 삐친 척도 하고 응석도 부리고 엄살도 떤다. 웃음이 헤퍼진다. 헤퍼지는 게 웃음만은 아니니 칭찬도 헤퍼지고, 마음을 표현하는 일도 헤퍼진다. 함께 산지 삼십 년도 넘었는데 올해 받은 칭찬이 삼십 년 동안 받은 칭찬보다 많다. 어쩜 이렇게 예쁘냐는 소리도 살아온 날 중에 제일 많이 듣는다.

어느 금요일 밤, 평소엔 음전하기만 한 어머님이 목청껏 웃고 난 뒤 당신은 사본 적 없는 막걸리 값을 궁금해 하셨다. 그리곤 구백 오십 원이라는 내 대답에 깜짝 놀라셨다. "그렇게나 헐하냐?"

막걸리는 다섯 가지 덕을 지녔다고 한다. 허기를 다스려주고, 취기를 심하게 하지 않으며, 추위를 덜어주고, 기운을 북돋으며 의사소통을 원활하게 해준다는 것이다. 뿐이랴, 입 무거운 세 식구에게 이렇게나 많은 기쁨을 주는데 값이 헐하긴 헐하다. 값이 헐하다 해서 품질이 낮거나 저급한 것은 아니니 시금털털, 씁쓰레하기 일쑤인 나날을 달보드레하게 비약시키는 알차고 친근한 보약이다.

아무도 상상하지 못할 모든 가능성의 세계를 품고 하얀 보시기에 담겨 조신하게 앉아 있는 뽀얀 막걸리 한 잔.

(2013)

내가 사랑한 남자

함께 한 지 서른여덟 해가 지났지만 지금도 나는 그가 좋다. 그를 보면 슬며시 미소가 지어진다. 이게 웬일?

그는 키가 크지도 않다. 그는 학교 다닐 때 늘 첫째 줄에 앉았다 하고 나는 중간에 앉기 시작해 점점 뒤로 밀려나 나중에는 맨 뒷자리에 앉았다. 사회적으로는 워낙 키 큰 남자를 좋아하는 분위기이지만 난 키가 뭐 그리 중요하랴, 싶었다. 하지만 살다 보니 중요하긴 중요하다. 아이들이 키 큰 걸 선호하는 문화에서 살아야 하기 때문이다. 언젠가 딸이 "엄마는 크고 아빠는 작으니 자식 중에 한 사람은 크고 한 사람은 작아야 한다면 내가 작은 게 낫지요" 한다. 내가 왜 그러냐고 묻자 "아이구, 아빠는 진짜 운 좋았지. 요새 남자들 키 작으면 장가도 못 가요!" 한다. 아들은 잘생겼다는 말을 자주 듣는데 10센티만 더 컸으면 충무로에서 데려갔을 거라는 이야기도 함께 듣는다. 그래도 장가를 못 갈 정도는 아니니, 아들아, 엄마한테 고마워하렴.

그는 건강하지도 않다. 물론 결혼할 무렵에는 건강했다. 하지만 딸아이를 낳고 난 뒤 젊은 나이부터 지병을 가지게 되었다. 누구나 그렇듯이 지병도 문제지만 더 큰 문제는 사람이 그 병 뒤로 숨어 버린다는 거다. 환자라는 핑계로 모든 관심을 거두어 버리니까. 모든 환자는 이기적이다. 물론 그럴 수밖에 없다. 아프니까. 함께 사는 동안 내가 가장 하고 싶었던 일은 힘껏 싸워 보는 일이었다. 건강한 사람이 환자랑 싸워서 뭐 하겠는가? 사랑하는 사람들이 서로 힘껏 겨루며 낄낄대고 시시덕거리는 일, 그 건강한 아름다움과 기쁨이 내게는 이번 생에 허락되지 않은 모양이다.

사람들이 무심코 건강이 제일 중요하다고 말하는 소리를 들으면 속이 상하고 어떤 때는 화가 나기도 했다. 가장 소중한 그걸 잃어버린 사람이 이렇게나 많은데, 건강을 잃고도 사람들은 살아가야 하는데, 그 사람들도 건강을 잃고 싶어서 잃은 것도 아닌데, 그 사람들은 어떻게 행복을 찾아가야 하는지에 대한 얘기는 일언반구도 없이 함부로 말하는 사회.

한평생 살면서 아프지 않고 살다 죽는 사람이 어디에 있으랴. 병을 받아들이고 병과 더불어 살면서 인간의 한계를 인정하고, 그 한계의 범위를 넓혀가는 체험을 함께 했다는 게 그 사람과 나를 묶어주는 아름다운 끈의 하나이다.

그는 부잣집 아들도 아니었다. 부잣집은커녕 아주 가난한 고학생이었다. 당시 대통령이 가난한 고학생의 유일한 아르바이트였던 과외를 금지시키는 바람에 우린 결혼했다. 그러고 보니 우리 가족은 그 대통령에게 고마워해야 하네! 이런! 이것도 일종의 나비효과?

그는 말이 없다. 그와 함께 있는 사람들이 제일 힘들어 하는 것도 그가 말을 너무 안 해서이다. 자신의 생각이나 느낌을 이야기하지 않는 정도야 많은 남자들이 그런다지만 그는 자기 의사도 이야기하지 않는다. 언제 거기 갈래요? 물어도 집에서 출발하는 순간까지 절대 아무 말도 하지 않는다. 한 번은 치과에서 일하던 위생사가 나를 찾아와 원장님이 자기를 너무 무시해 일을 그만두겠다고 말했다. 어떻게 무시하느냐고 했더니 자신이 물어보는 모든 일에 대해 대답을 하지 않으니 같이 일하면서 어쩌면 이렇게 철저히 사람을 무시할 수가 있는지, 아무리 궁리해 봐도 이해할 수도 없고 참을 수도 없어서 찾아왔다고 했다. 그 위생사를 설득시키는 건 아주 쉬웠다. 그가 얼마나 공평하게 사람을 대하는지 일화 두어 가지 들려주는 것으로 족했다. 어머님까지 아들이 너무 말을 안 해 불편하다고 할 정도이니 알 만하지 않은가.

이젠 좀 나아졌다. 모르는 사람과도 말을 나누고 농담도 한다. 곰곰 생각해 보니 노래하면서부터 바뀌었다. 삶이 지루하고 재미없는 모든 핑계를 병에다 대던 습관도 바뀌었다. 웃음에 인색하던 태도도 천천히 바뀌고 있다. 축 처진 눈가 근육과 입가 근육을 올리는 게 쉽지는 않지만 이젠 거울을 보고 웃는 걸 연습하기도 하니 천지가 개벽할 만한 일이다.

그는 고집쟁이다. 누나가 한 명 있기는 하지만 큰아들이라 가족 사이에서 고집이 부드러워질 기회를 갖지 못했다. 사회에 나와서도 혼자 결정하고 혼자 책임지는 일만 해서 다른 사람과 논쟁하거나 타협할 기회 자체가 없었다. 남자들은 마누라랑 싸우면서 철도 들고 깨달음도 얻는 법인데 그는 병을 방패로 내세워 싸울 기회 자체를 차단해 버렸다. 그런데도 젊을 때보다 조금 유연해진 건 누구 덕분일까? 병? 아들? 신? 나는 모른다. 물어봐도 말 안할 테니 털어놓을 때까지 기다려야겠다.

언젠가 누가 어떻게 견뎠느냐고 내게 물어왔다. 질문이 낯설어 바로 대답할 수 없었다. 오래 생각해 본 결과 확연히 알게 되었다. 난 한 번도 견디지 않았다는 것을. 참은 적도 없고, 견딘 적도 없다. 그저 함께 흘러왔을 뿐이다. 만약에 내가 작고, 아프고, 가난하고, 말도 없고, 고집쟁이였더라도 그는 내 옆에서 나와 함께 흘러왔을 것이다. 착각이라고? 그래도 그냥 착각하며 살게 내버려 두시라. 착각은 북에서도 자유라니.

한 남자를 만나 사랑하고 함께 나이 들어가며 내내 사랑하는 일은 참으로 멋진 일이다.

(2013)

마쓰이 상

마쓰이 상馬醉輝은 손위 시누이의 남편이다. 예전 가족관계에서는 두 사람이 만날 일이 없었는지 호칭도 없고 지칭도 없다. 있다면 아이들 고모부가 전부이다. 이름에서 짐작하듯 그는 일본 사람이다. 그가 처음 우리 집을 방문한 건 1982년으로, 내가 결혼해서 시부모님 모시고 부천에서 살고 있을 때이다. 형님과 결혼하겠다고 부모님을 찾아뵈러 온 자리였다.

그때까지 난 개인적으로 일본 사람을 만나본 적이 없었다. 일본은 역사책이나 지리책에서 배운 적 있는 나라이고 신문이나 방송에서 들어보는 나라일 뿐이었다. 하지만 우리나라 사람 일반에게 일본은 '가깝고도 먼 나라'라는 낯익은 수식어가 말하듯 심정적으로 아주 먼 나라, 멀었으면 좋겠는 나라였다. 그래서 궁금했다. 한국 여자와 결혼하고 싶어 우리 집에 찾아오는 낯선 존재가.

처음 보는데 웃음이 났다. 전형적인 일본사람 외모였다. 지구상에서 가장 닮은 두 민족인 한국인과 일본인은, 다른 나라 사람들은 두 나라 사람을 구별하지 못하는데 정작 두 나라 사람들끼리는 정확하게 구별해 낸다. 물론 그는 한국어를 거의 못해 형님이 통역해서 인사를 나누는 정도였다. 집에 인사는 했지만 꼭 결혼할지 어쩔지 모르는 상태였던(내 짐작에) 그가 이듬해 결혼해 형님의 남편이 되었다.

마쓰이는 한자로는 馬醉로 쓴다. 성을 처음 들었을 때 웃음이 났다. 말이 취하다, 혹은 취한 말이라는 뜻이니 말이 취해서 건들건들 걸어가는 모습이 연상되기도 하고, 질주하는 모습이 떠오르기도 했다. 그는 술을 좋아한다. 처음 일본 형님네를 방문했을 때 퇴근하면 매일 저녁 술상 겸 밥상을 차려 마주 앉아 맥주를 마시는 걸 보고 놀랐다. 우리가 놀러갔으니 손님 대접하느라 그러나 했는데 매일 저녁 풍경이라 했다. 하지만 이제까지 그가 취한 모습을 본 적은 없다. 나야 일 년에 한 번 보는 사이라 그럴 수도 있겠지만 형님도 본 적 없다는 걸 보면 좋아하기만 할 뿐 취하게 마시지는 않는 모양이다. 술을 마시기 전이나 술을 마신 뒤나 크게 다르지 않다. 술이 한 방울만 들어가면 그때부터 기분이 좋아져서 헤벌쭉한 채 말이 많아지는 나와는 전혀 다른 사람이다.

그럼에도 불구하고 술 몇 잔에 고주망태가 되는 나를 이해하는 게 틀림없다고 믿게 된 사건이 있다. 20년쯤 전 연말연시를 함께 보내는데 스무 명도 넘는 사람들이 모여 밥 먹고 술 마시고 클럽에도 갔던 때가 있었다. 시작은아버지에 시고모에 시어머니에 시누이에 시동생에 사촌 시동생들, 시누이들까지 온통 시자 붙은 사람들이 버글거리는데 나는 크게 취해서 군데군데 필름이 끊어졌다. 그러니 술 취한 사람이 보이는 온갖 추태를 보였음에 틀림없다.(지금도 기억이 선명한 끊어지지 않은 필름으로 유추하건대 틀림없다) 그런데 그는 형님에게 벼리엄마는 충분히 그럴 자격 있고, 오히려 그런 걸 고마워해야 된다, 가끔 그렇게 하지 않으면 더 큰일이 날 거다, 대충 그런 말을 했다고 한다. 말이 통하지 않아 주절주절 이야기할 수도 없고, 서로의 생각이나 느낌도 나누기 어려운 상대였는데 느닷없이 전폭적인 이해를 받자 마음이 울컥했다. 그리고 그가 훨씬 가깝게 여겨졌다.

그는 슬하에 자녀를 두지 못했지만 아이들을 사랑하고 예뻐한다. 우리 아이들은 어릴 때 할머니랑 몇 번 일본에 다녀왔는데 갔다 올 때마다 고모는 무서운데 고모부는 장난도 받아주고 먼저 장난을 걸기도 한다고 말하곤 했다. 그래서 말이 안 통해도 고모부가 훨씬 좋다는 거다. 형님은 아이들의 생리를 알지 못하니 마치 어른에게 요구하듯 원칙에 엄격했던 모양인데 그는 아이들에게 너그러웠던 모양이다.

그는 눈매가 매운 사람이다. 슬쩍 보고도 전체를 간파하고, 관찰력이 뛰어나다. 노을채에 처음 와서 새가 많다며 밖에 나가 새를 바라보더니 저 새는 눈에 아이라인을 했고, 저 새는 가슴에 무늬가 있고 하며 멀리 앉아 있는 작은 새를 세밀히 묘사하는 소리를 듣고 깜짝 놀랐다. 그래서 물고기도 잘 잡고 멧돼지도 잘 잡는 모양이다. 그 집에 가면 물고기 탁본을 뜬 게 여러 개 있고, 키 만한 물고기를 들고 찍은 사진도 있다. 사진뿐만 아니라 형님에게 물고기고 멧돼지고 하도 많이 잡아와 냉동실에 꽉 차있다고 투덜대는 소리를 여러 번 들었으니 사실일 텐데 직접 확인하지는 못했다. 우리가 같이 낚시하러 갔을 때는 물때가 안 맞았는지 영 안 잡혀서 사서 회를 떴던 터라…. 그때 우리나라 사람처럼 바로 잡은 싱싱한 생선을 사는 게 아니라 숙성된 생선을 산다는 걸 처음 알았다. 바로 잡은 생선은 맛이 덜하단다.

그는 내 남동생의 친구이기도 하다. 남동생은 일본어를 곧잘 해서 언어의 장벽이 없는 모양이다. 11살쯤 차이가 나지만 두 사람이 서로 좋아한다. 한국에 오면 꼭 남동생 집에 가서 며칠을 지내고, 남동생도 마쓰이 상을 보러 일본에 가기도 한다. 통역 없이 말이 통하는 사람이 있어 마쓰이 상도 좋아하고, 형이 없는 남동생도 형님처럼 편하게 지낼 수 있어 좋아하는 모양이다. 어떤 때는 형님의 남편이라기보다 남동생의 친구처럼 여겨지기도 하니 이 또한 드물지만 아름다운 일이다.

서로 다른 나라에 산다 해도 지낸 세월이 길다 보니 함께 여행도 하고, 서로의 집에 가서 몇날 며칠씩 지내기도 하고, 함께 나눈 경험이 많음에도 불구하고 언어가 다르다 보니 서로의 생각과 느낌을 공유하지는 못했다는 걸 이 글을 쓰면서 깨닫는다. 말이 통하지 않는다는 건 섬세한 감정과 깊은 사고를 나누는 게 불가능하다는 말이다. 그의 우리말 실력이 내 일본어 실력보다 월등하지만 그래도 우린 마주 앉아 몇 마디 인사를 나누면 다음 화제를 이어가지 못한다. 일본어를 익힐 절호의 기회였는데 그걸 쓰지 않은 게 아쉽다. 조금 더 적극적으로 일본어를 익혔다면 서로의 내면을 이해하는 일이 가능했을 텐데….

올해로 우리가 인척으로 인연 맺은 지 30년이 되었다. 그렇다면 그도 환갑진갑 넘겼다는 이야기인데 모습을 보면 세월은 참 불공평하다. 30년 전이나 지금이나 똑같으니. 그의 마음이, 그의 행동이 처음 만날 때와 똑같으니 세월도 놀라서 비켜 달아난 모양이다.

서로 다른 환경에서 자란 남녀가 부부로 함께 사는 일은 누구에게나 어렵지만 그와 형님은 국적도 언어도 문화도 다르니 훨씬 어려웠을 거다. 많은 부부가 자식만 없었으면 벌써 헤어졌을 거란 말을 흔히 하는 걸 보면 두 사람만으로 이루어진 가정을 꾸려가는 게 훨씬 어려운 모양이다. 그래도 형님 부부가 처음 만난 그때처럼 곱게곱게 해로하는 중이니 두 사람의 내공을 짐작할 만하다.

바다 건너 멀리서 지켜본 사람이지만 그가 한결같은 사람이라는 것, 시작과 끝이 여일하고 틀림없다는 건 장담할 수 있다. 우리 사이가 호칭도 없고 지칭도 없는 관계라 해도 나는 그가 참 든든하다.

(2013)

나의 길, 문학의 숲에서 노닐기

떼를 써서 학교에 일찍 들어가는 바람에 글을 자유롭게 읽을 수 있게 된 건 아마 1학년을 마칠 즈음이었을 거다. 글을 읽는 게 너무 재미있는데 읽을 게 없어서 겨울방학 때 2학년 교과서를 받아오자마자 다 읽어버렸다. 국어 교과서가 제일 재미있었다. 그것만으로는 양이 차지 않아 옆집 4학년 언니, 5학년 언니들의 교과서도 빌려다 읽었다. 새 교과서 받아 오는 날이 그렇게 기쁠 수가 없었다.

교과서 말고도 읽을거리가 있다는 걸 안 것은 4학년 때였다. 짝꿍네 집에 갔다가 눈이 휘둥그레졌다. <소공녀>를 시작으로 친구네 집에 있는 동화책을 빌려다 읽기 시작했다. 어찌나 재미있는지 읽은 걸 또 읽어도 재미있었다. 그렇게 이야기의 세계에 빠져들었다. 엄마는 전기세 많이 나온다고 9시만 되면 불을 끄셨다.

내가 평생 일찍 자고 일찍 일어나는 습관을 가지게 된 건 그래서이다.

중학교에 가니 재미있는 책이 빽빽하게 꽂힌 도서실이 있었다. 이렇게 재미있는 세상이 있다니, 이해하고 못하고와 상관없이 그저 읽어댔다. 소설이 탈출구이자 비상구였다.

고등학교 1학년 국어시간에 선생님이 시를 써오라는 숙제를 내셨다. 국어 과목을 좋아했지만 시를 읽은 건 교과서에 있는 시가 전부였고, 더군다나 내가 시를 쓴다는 건 생각해보지 못한 일이었다. 열심히 썼다. 다음날 숙제 검사를 하던 선생님이 내 공책을 들고 써간 시를 크게 읽으셨다. 잘 썼다고 칭찬하시려나보다 기대하며 듣고 있었다. 다 읽은 선생님은 공책을 내팽개치며 비웃으셨다. "이것도 시라고 썼냐? 개가 써도 이것보다 낫겠다!" 순식간에 교실은 웃음바다가 되었다.

이후 도서관에서 빌린 책의 저자들은 쇼펜하우어니 니체니 야스퍼스니 하는 외국 철학자들이었다. 마치 난공불락의 성채를 공격하듯 이해 불가능한 책들을 읽고 또 읽으며 지적 허영의 세계에 빠져들었다.

인문사회계열로 입학한 대학 교양시간에 제일 재미있는 과목은 철학개론이었다. 철학과에 가야겠다고 마음먹고 서양철학개론 담당교수님께 말씀 드렸더니 여자는 철학과에 오는 게 아니라고 딱 자르셨다. 어른이 말씀하시면 그게 진리라고 믿었던 그 시절의 나는 일말의 의심도 없이 그렇구나, 하고는 국문과를 선택했다.

문학을 공부하는 일은 재미있었다. 특히 시 읽는 재미는 대학에서 배웠다. 어느 핸가 태양이 작열하는 여름 한낮에 버스를 타고 가다 밖을 내다보는데 신기하게도 갑자기 눈앞이 환해지면서(난 지독한 근시였는데도 안경은 교실에서만 썼었다) 땅바닥의 개미까지 보이더니 어디선가 이런 소리가 들려왔다. "문학의 숲에 있으면 세상이 이렇게 환하단다." 그 순간, 결심했다. 돈도 명예도 허락되지 않더라도 평생 문학을 저버리지 않겠노라고.

중학교 국어선생으로 일하다 민족문화대백과 사전 만드는 일을 하다가 세계문학전집 출판하는 일을 하다가 문학공부를 해보자 싶어 대학원에 들어갔다. 문학에 대한 생각을 정리하여 논리적으로 글 쓰는 법을 배웠다. 다른 사람이 쓴 시가, 소설이, 희곡이 어떠어떠하다고 비평하고 논의하고 연구하며 문학에 대해 이야기하는 일이 즐거웠다.

둘째아이가 자라 초등학교에 입학해 온 가족이 한글을 익힌 기념으로 가족신문을 만들기 시작하면서 논리적인 글이 아니라 일상생활에서 느낀 소회를 풀어내는 산문을 쓰기 시작했다. 사춘기의 상처가 어떻게 큰지 여전히 시 쓰는 일은 엄두가 나지 않았지만 소소한 일상을 글로 기록하고 주변사람들과 소통하는 일은 뜻밖의 재미를 주었다.

한 다리만 건너면 모두 알 만한 지역사회에서 누군가가 심혈을 기울여 쓴 글을 두고 아쉽다며 한계를 지적하는 일도 힘들고, 눈에 뻔히 보이는 아쉬움을 모른 체하고 좋다고만 말하기도 불편해지면서 점점 남의 글을 비평하기보다 내 생각과 느낌을 쉽게쉽게 쓰는 일이 많아졌다. 시와 소설 중심의 문단에서 수필에 애정을 가지고 수필을 쓰고, 수필론을 발표하기도 하게 된 계기이다.

문학의 치유적 성격에 관심을 가지고 강의하면서 긴 소설보다 그림과 짧은 이야기가 함께 있는 그림책에 주목하게 되었다. 이야기 자체가 재미있으면서도 시처럼 여백의 의미가 풍부하고 거기에다 색깔과 형태가 주는 아름다움과 상징이 함께 있어 다양하게 활용하기 좋아서이다.

이순이 가까워 육십대를 어떻게 보내나 상상하다 육십대의 버킷 리스트를 작성했다. 그 첫째가 손주들에게 각각 그림책 만들어 주기다. 아직 손주는 없지만 어떤 아름다운 생명이 우리 아이들을 통해서 우리에게 오실지 상상하는 것만으로도 숨이 멎을 듯하다. 그림책은 문학의 숲에서 평생을 서성댄 할미가 지구별에 올 손주를 위해 마련하는 선물이다.

그런 생각을 하자마자 동네 입구에 도서관이 생겼다. 세상에나! 대학 도서관엔 그림책 없는 걸 알고 도서관을 만들어 주시다니. 좋은 그림책 마음껏 읽으라는 배려렷다.

그림책은 이야기도 중요하지만 그림이 생명인데 제대로 배워본 적 없는 그림은 어찌해야 하나, 생각이 거기에 미친 엊그제 처음

보는 낯선 남자가 머리를 묶은 소년과 함께 인사를 한다. "옆집에 새로 이사 왔습니다. 아이가 셋이구요, 저희 부부는 그림 그리는 사람입니다."

오호, 쾌재라! 이렇게까지 돌보시는데 무엔들 이루지 못하랴.

(2014)

자기소개서

한밤중에 카톡이 울린다. 누군가 하고 핸드폰을 켜보니 동생이 친한 사람 부탁이라 메일로 보냈으니 자기소개서 좀 봐달란다. 에구, 그 오지랖하고는! 투덜거리면서도 일어나 메일을 열었더니 속이 부글부글 끓어오른다.

어우렁더우렁 어울려 사는 사람이 못 된다 해도 글 쓰는 사람이다 보니 가끔 자녀의 자기소개서를 봐달라는 부탁을 받는다. 그런데 문제는 자기소개서는 문장을 바로잡고, 표현을 아름답게 고친다고 좋아지는 글이 아니라는 거다. 본인이 쓴 수필을 평해달라는 것과는 차원이 다른 문제인데 글은 다 거기서 거기라고 생각하는 사람들이 부탁을 한다.

자기소개서를 쓰기 위해서는 자기가 살아오면서 경험한 일들을 곱씹어 보아야 한다. 그리고 자기가 가장 중요하게 여기는 가치가 무엇인지, 삶의 목표를 어디에 두었는지 점검하면서 자기 체험에 의미를 부여해야 한다. 자기소개서는 심심해서 써보는 글이 아니라 목적이 분명한 글이다. 그 글을 읽을 독자의 마음을 움직여 이런 사람이라면 우리 조직의 구성원이 되었으면 좋겠다는 판단을 내리게 해야 한다. 자신이 왜 여기에 지원하게 되었는지, 개인의 목표와 조직의 목표가 어떻게 연계될 수 있는지 쓰되 누구나 쓸 법한 내용이 아니라 자기만의 특별한 체험과 능력이 드러나게 써야 한다. 이러니 자기소개서는 글재주로 쓰는 글이 아니다. 또한 자기소개서만으로 당락이 결정되는 일은 드물고, 누가 봐도 능력을 인정할 만한 객관적인 증거가 있을 때 면접의 자료로 쓰이는 경우가 대부분이다.

사실 글깨나 쓴다는 사람도 자기소개서 쓰기가 어렵다. 목적이 너무 분명한 글이라 경직되기 일쑤고, 자신을 긍정적으로 부각시키려다 보니 구체적인 증거 없이 부풀리게 되어 오글거리기 일쑤다. 또 한 가지 자신을 합격시키기도 하고 불합격시키기도 할 권한을 가진 사람들이 어떤 능력을 요구하는지, 어떤 가치를 선호하는지 짐작하여 기술하다 보니 개성이 묻어나기보다 몰개성해지기 쉽다. 복잡다단한 면을 지니고 있는 입체적인 인간을 종이 한 장으로 설명해야 하니 쉬울 리가 있겠는가. 그리고 보면 목적이 분명한 글은 목적이 분명해서 쓰기가 어렵고, 글 자체가 목적인 글은 아름다움이나 감동이라는 게 하도 들쑥날쑥 주관적이라 또 쓰기가 어렵다.

일면식도 없는데다, 어떻게 살아왔는지 삶의 이력을 전혀 알지 못하는 상태에서 자기소개서를 손본다는 게 불가능해 끓어오른 부아를 식혀가며 자기소개서 쓰는 법 열 가지를 써 보냈다.

컴퓨터를 끄려는데 파일 목록에 있는 '자기소개서'가 눈에 띈다. 열어 보니 오래 전 구직활동을 할 때 썼던 자기소개서이다. 방금 답장으로 보낸 자기소개서 쓰는 법과는 전혀 맞지 않아 갑자기 얼굴이 달아오르고 등이 서늘해진다. 이런 글을 보내고도 취직을 했으니 참 어둡던 시절이었나 보다. 아니 자기소개서랑 취직이랑 상관관계가 없다는 증거인지도 모르겠다.

한참 시간이 지난 뒤 뜬금없이 아들이 합격했다는 문자를 받았다. 모르는 번호인데다 합격할 아들도 없어 무슨 소리인지 해독을 못하고 있는데 다시 띵동거린다. "참, 동생 친구예요."

자기소개서 덕분이 아님을 알면서도 청년의 취업 소식은 반갑다. 젊은이들이 자기소개서 쓰느라 끙끙거릴 게 아니라 기업이나 조직을 움직이는 수장이 손수 자기소개서를 써서 구직하는 젊은이들에게 보여주면 좋겠다. 그럼 젊은이들이 그 자기소개서를 읽고 존경심이 생기고 자신이 추구하는 가치랑 맞는 수장을 심층면접한 뒤 청춘을 바칠 일자리를 골라 가는, 그런 세상이 오면 좋겠다.

권세 있는 윗분들이 자기소개서 쓸 줄은 알까? 또 부아를 식혀가며 자기소개서 쓰는 법 열 가지를 보내야 될지도 모르겠다. 그래도 그런 세상이 왔으면 좋겠다.

(2015)

초록을 좋아한다기로

  초록색을 좋아한다. 왜 좋아하기 시작했는지, 언제부터였는지는 기억에 없다. 처음 내 손으로 옷을 산 게 스무 살이 되는 겨울이었다. 초록 옷이 없어 여러 차례 시장을 돌다 지금은 사라진 홍명상가 2층 옷가게에서 터틀넥 티셔츠를 사곤 여러 해 두고두고 입을 때마다 흐뭇해했다.

  내 나이 서른이었을 때 무엇 때문이라고 딱 집어 말할 순 없어도 자주 숨이 막혔다. 아버지가 돌아가셨고, 남들은 막 쉰을 넘어선 우리 엄마를 쉬쉬하며 과부라 불렀고, 하나 있는 남동생은 이등병이었고, 죽기 전에 하나라도 보내야 된다며 좋다고 매달리는 공군 소위에게 서둘러 시집보낸 여동생 밑으로 고등학교 1학년, 대학 1학년, 2학년, 여동생 셋이 그득했고 난 둘째를 임신하고 있었다. 유난히 답답한 어느 날, 지하상가를 지나다 친구와 마주쳤다. 잡아끄는 바람에 남편이 주인이라는 보석가게에 들어섰는데 초록 비취에 눈이 꽂혔다. 내 눈이 붙박힌 걸 보고 그녀는 비취반지를 꺼내 내 검지손가락에 끼웠다. 값은 조금씩, 천천히 치르라며.

한동안 큼지막한 초록 비취가 나의 아마존이었다. 그냥 그 초록색을 바라보고 있자면 조금씩 숨이 편안해지고 들끓던 마음이 가라앉았다. 까치는 둥지에 초록 나뭇잎이 달린 나뭇가지를 하나 물어다 놓고 긴 겨울을 난다는 말을 듣고 내겐 비취반지가 초록 나뭇잎이라는 걸 알았다.

마흔이 넘자 나무와 풀이 눈에 들어왔다. 나무 사전을 사놓고 답답할 때마다 들추어 보았다. 이런 이름을 가진, 이렇게 생긴 나무가 있구나 공부하기도 하고 주변에서 흔히 보는 나무들의 이름과 특성을 확인하기도 했다. 나무도 나무지만 이상하게 아무도 관심 가지지 않는, 땅에 붙어있다시피 겨우 목숨 이어가는 풀들에 눈길이 갔다. 콘크리트 갈라진 틈에서도 흙먼지 가라앉혀 뿌리 내리고, 한 줌 햇살만 비쳐도 푸른 생명 키워내는 풀잎의 강인함에 위로 받았다. 아무도 보아 주지 않아도 그 실낱같은 몸으로 쨍쨍한 여름 해를 견디고, 비바람도 춤추며 맞이하고 결국 꽃 피우고 열매 맺어 할 일 다 해내는 풀잎에 정이 갔다.

모두들 이름 모를 잡초라고 말하는 야생초의 이름을 부를 수 있게 된 것은 젊은 시절 잠깐 몸 담았던 학교에서 만난 나무 전공

선생님이 주신 잡초카드 덕분이다. 논에 나는 잡초, 밭에 나는 잡초, 논밭습지에 나는 잡초, 들과 밭에 나는 잡초로 구별해 일일이 세밀하게 그림을 그리고 특성을 설명해놓은 68장의 카드. 처음 보았을 때 눈을 동그랗게 뜨고 탄성을 질러대자, 글쟁이는 이런 게 필요할지도 모르겠구먼, 하면서 선뜻 내주셨던 문제인 선생님. 선생님은 어떻게 아셨을까? 스물세 살 젊은 국어 선생이 나중에 글을 쓰게 될 것을, 마흔 넘어 그 카드를 필요로 하게 될 줄을.

지천명이 되자 초록을 찾아 초록의 곁으로 이사했다. 동서남북, 사방으로 창을 내 눈만 뜨면 하늘과 초록 생명이 보이게 집을 짓고 부지런히 초록을 예찬한다. 사월의 연두와 오월의 신록, 유월의 녹색과 칠월의 진초록, 팔월의 검초록까지 초록의 다양한 변주를 즐긴다. 온갖 나무와 풀이 진초록으로 번성하는 칠월의 공기가 맑디 맑은 건 다 초록 덕분이고, 벼꽃이 일제히 피는 팔월, 들판에 가득 차는 구수한 향내 역시 날마다 변화하는 생명이 어우러져 빚어내는 초록의 향연이다. 가을에만 보여주는 울긋불긋한 단풍은 초록이 혼신을 다해 차려입은 성장盛裝이다. 지상으로 내려가기 전 온힘을 불살라 피워내는 초록의 불꽃이다. 소나무 몇 그루 서 있는 뒷산 바라보며 버티는 긴 겨울은 새봄의 연두에게 바치는 순정한 기다림이다.

초록을 향한 이런 내 편애를 고백한 적도 없건만 천지에 초록이 그득한 한여름에 남편이 한쪽 다리를 온통 초록으로 감싸고 돌아

왔다. 빗길에 슬쩍 미끄러졌는데 발목이 부러지고 무릎연골이 찢어졌단다. 이순으로 가는 건널목 위에 있으니 아홉수라면 내가 겪어야 할 터인데 이게 웬 횡액? 아무리 초록을 좋아한다기로 초록다리 남편을 원한 건 아닌데… 마누라 초록에 빠져 있는 줄 알고 자기 몸을 분질러 초록으로 물들이다니, 가히 살신성애殺身成愛의 경지에 올랐다 할 만하다.

초록은 초록이로되 초록답지 않은 초록 깁스. 그것도 매일 보니 깁스를 초록으로 바꾼 사람에게 절하고 싶어진다. 빨강이나 노랑, 파랑이었으면 어쩔 뻔했나. 그래도 초록이라 견딜 만하다.

초록편애약사 말미에 초록 깁스가 끼어든 칠월, 가만가만 찬찬히 흐르는 시간을 지긋하게 누릴 수 있는 것은 그래도 초록 덕분이다.

(2015)

결단

어떤 일을 선택한다는 것은 그 외 다른 것은 모두 포기한다는 것이다. 이만큼 살아보니 삶은 결단의 연속이다. 선택의 순간에 주저하지 않고 딱 잘라 결정하기가 쉽지는 않지만 순간순간 그때까지의 모든 지혜를 모아 결단했기에 여기까지 왔음에 틀림없다.

어린 나이에 한 결단으로 지금까지의 삶에 가장 큰 영향을 미치는 것은 김상훈과 결혼한 것이다. 키가 큰 것도 아니고 집안이 부유한 것도 아니고 부모님이 천거한 것도 아니고 대학을 졸업한 것도 아닌데도 결혼을 감행했고 스물다섯에 한 그 선택에 책임지기 위해 발버둥치며 살다보니 어느 새 이순 근처에 와 있다. 힘든 순간이 왜 없었으랴. 내가 힘들었을 땐 그도 힘들었을 것이다. 그래도 내가 한 선택을 후회하지는 않았으니 다행한 일이고, 서로서로 기대 절뚝거리며 걸어 인생의 후반부에 와 있으니 참으로 다행한 일이다.

또 하나의 결단은 대학원에 진학해 공부를 계속 한 것이다. 중학교 국어 교사로도 일해 보고 연구원에도 있어보고 출판사에도 근무했지만 내가 제일 잘 하는 일은 공부라 여겨 임신한 상태에서 대학원에 진학했고, 그 결단이 오늘 내가 대학에서 일하고 있는 근본 원인이 되었다. 아이를 낳아 기르고 살림을 하면서 학문의 길을 걷는다는 것은 어려운 일이었다. 딸아이는 나보다 책이 더 좋으냐고 책을 모두 아래층에 던져 버리기도 했고, 남편은 나는 퇴근하면 아무 일도 안하는데 왜 당신은 퇴근해서도 책을 끼고 사느냐고 서운해 했으며, 당신이 교수가 안 되고 아이들을 돌보았으면 아이들이 더 잘 되었을 거라고 비난 섞인 아쉬움을 토로하기도 했고, 내 손길을 간절히 원하는 사람들의 요구를 모른 체하며 책을 읽고 논문을 쓰면서 이 꼴꼴난 논문이 그만한 가치가 있는 일인지 회의하는 동시에 집안 살림엔 전혀 신경 쓰지 않고 공부에만 매달리는 다른 남자 학자들, 학문의 길에 서 있는 비혼 여자들을 한없이 부러워했다. 힘에 부칠 만큼 최선을 다해도 학문의 길에서도 성과가 부족하고 아내나 엄마의 길에서도 성의가 모자란 상태로 겨우겨우 체면치레만 하고 있는 상태이다. 한동안은 논문만 쓰려고 자료를 모으면 집안에 사고가 터져 제대로 논문을 쓰지 못했고, 그 이후엔 대학에서 업적평가 이야기만 나오면 괜히 주눅이 들어 능력 없는 사람은 학교를 그만두어야 하는 것이 아닌지

고민하고 있다. 그렇다 하더라도 문학이 좋아 문학을 공부하자 마음먹고 그 길을 걸은 덕에 삼십 년을 젊은 친구들과 문학을 이야기하며 지낼 수 있었으니 그 결단 또한 잘한 일이었다 싶다.

세 번째 결단은 가족신문을 내기로 한 것이다. 김병욱 교수님댁에서 낸 가족신문 <비둘기>를 받아보면서 아이들이 크면 해보고 싶어, 둘째아이가 초등학교에 입학해 한글을 겨우 읽게 된 즈음 온 가족이 한글을 읽고 쓸 수 있는 걸 기념해 가족신문을 내자고 제안했고, 1993년 4월 5일 4쪽 짜리 창간호가 그 시작이었다. 4쪽은 곧 8쪽으로 늘어났고 16쪽, 20쪽으로 늘어나다 한동안은 32쪽으로까지 발행했다. 어머니 칠순을 즈음하여 1권을 책으로 묶고, 10주년을 기념해 2권, 3권을 엮었다. 그리고 발행인의 진갑 즈음에 4권과 5권을 묶었고 이번에 100호를 기념해 6권을 간행하게 되었다. 22년 6개월, 시작할 땐 이렇게 오래 계속할 거라고 생각지 못했다. 다만 식구들이 마음을 모으고, 그 마음을 글로 표현해 발간하는 동안 여러 번 가족신문의 힘을 느꼈다. 신문이 아니었다면 몰랐을 어머니의 살아오신 이야기, 남편의 속마음, 사춘기 아이들의 마음, 조카들의 성장과정, 그 외 글을 보내준 많은 독자들의 사랑과 성원…. 재작년 남편의 진갑에 <선물>과 <보물>을 발간할 수 있었던 것도 가족신문이 아니었다면 불가능했을 것이다. 그리고 책으로 묶어놓으니 그대로 가족의 역사가 되었다.

가족의 이야기를 어디까지 공개해야 하는지를 두고 의견 차이도 있었고, 사건과 사고가 겹쳐서 일어나면 육 개월까지도 발간하지 못했던 적이 있으며 아이들이 크자 점점 더 바빠져서 글 모으기가 훨씬 어려워졌다. 격월간으로 시작했지만 최근 몇 년은 계간으로 내면서도 포기하지 않고 걸어올 수 있었던 것은 발행인의 끈기 덕분이다. 지금 생각해 보면 그 사람이 그만 하자고 했으면 오래 전에 그만두었을 듯하다. 그래도 큰아이의 자기소개서에 20년 동안 발간해온 가족신문 이야기가 들어갈 때는 힘들었어도 꾸준히 해오길 잘했구나 싶었다. 가족신문을 100호까지 발간할 수 있는 것은 누구 혼자의 힘으로 가능한 것이 아님을 잘 알기에 더욱 소중하고, 함께 뜻을 모아준 가족들이 고맙다.

누구도 휴간을 생각지 않고 있었지만 시작한 모든 일에는 끝이 있는 법, 100호를 내면 휴간하는 것이 좋겠다고 마음먹고 있었다. 처음에는 딸아이가 편집장을 맡았으나 공부가 바빠진 이래 원고를 모으고 소식을 정리하는 일을 주로 내가 맡게 되었는데 점점 원고 모으기가 어려웠다. 돌려가며 글을 쓰는 동생네 가족들도 다들 힘든 숙제를 하는 듯했다. 떠나야 할 때를 알고 가는 이의 뒷모습이 아름답다는 시도 있지 않은가. 시작하는 것보다 더 큰 결단이지만 단호하게 자르기로 했다.

소식을 들은 사람들이 모두 아쉬워했다. 글을 냈던 사람들은 아쉬워는 해도 후련해하는 눈치지만 그냥 받아보기만 한 사람들 중에는 아유, 그래도 여기까지 왔는데 계속 하는 게 낫지 않겠느냐고 만류하기도 했다. 내 생각? 100호면 충분하다.

그래도 폐간이라고 하지 않은 것은 미래를 열어두고 싶기 때문이다. 우리의 역할은 여기까지이지만 아들까지 가정을 이루고 또 손주들이 커나가게 되면 형태가 달라지거나 매체가 달라지더라도 가족끼리의 소통을 위해 미디어를 필요로 하게 될 수도 있지 않은가. 101호가 나와도 좋고 나오지 않아도 괜찮다. 시대는 놀랄 만큼 빠르게 바뀌고 있고, 새로운 세대는 새로운 일을 할 테니까.

결단코 말하건대 결단하지 않으면 결단 나는 법, 그러니 인생은 결단이다.

(2015)

삼시 세끼

하루에 3번 밥상을 차리는 일이 이틀 계속 되면 와락, 짜증이 올라온다. 이것이 30년 넘게 월요일마다 일하러 나가도 월요병에 걸리지 않은 이유이다. 직장에 나가면 최소한 점심은 차리지 않아도 되니까.

느닷없이 입원하게 되어 모든 일에서 손을 뗀 채 3주일을 지내게 되었다. 병원 음식은 맛있는 게 하나도 없다. 전문가들이 영양분과 열량 따져가며 만들었을 텐데 왜 이리 맛이 없는지, 더구나 난 스테로이드 성분을 약으로 먹고 있어서 하루 종일 머릿속에서 먹을 것 생각이 떠나지를 않는데 음식을 입에 넣으면 기대하던 그 맛이 아니었다. 이건 달고, 이건 맵고, 이건 느끼하고.

음식 솜씨 좋은 동생이 안타까워하며 이것저것 만들어다 주었다. 그 정성이 고마워 아무 말 하지 않고 덥석덥석 먹으면서 깨달았다. 내 입맛이 얼마나 까다로운지. 우선 다른 사람들보다 간이 싱거워야 하고, 강렬한 맛을 내는 양념은 최소화되어야 하고, 단맛은 싫어하고…. 한 끼 외식하는 거야 괜찮았지만 남이 해주는 음식을 계속 먹는 것도 힘이 들었다. 다른 여자들은 자기가 하지 않으면 뭐든 맛있다는데 이게 무슨 팔자인지.

병이 깊어 두 달 병가만으로는 치료가 되지 않아 휴직하고 집에 있는데 구순 어머님이 침대에서 떨어져 대퇴가 부러져 수술하고 누워 계시고, 딸아이가 두 달 된 손주를 데리고 친정에 와 있어 날마다 하루 3번 밥상을 차리게 되었다. 나나 딸이나 몸이 온전치 않아 아이 돌보미도 오게 되고 주말마다 사위도 오게 되니 평소보다 밥 먹을 식구도 늘었다.

아침 먹고 나면 점심을 무엇으로 할 건지, 저녁에는 무얼 할 건지 하루 종일 먹을 것 생각밖에 없다. 내가 할 수 있는 음식, 그 중에 손이 많이 가지 않는 음식, 그러면서 균형 잡힌 영양분, 식구들이 좋아하는 식재료, 저칼로리 저단백 저염, 당뇨와 신부전 식이요법에 맞는 음식을 찾아내느라 머리와 손이 분주하다.

푹푹 찌는 한여름, 끼니때마다 땀으로 범벅이 된다.

다듬고, 씻고, 썬다.

삶고, 찌고, 굽고, 지지고, 졸이고, 끓이고, 무친다.

담고, 차리고, 치운다.

하루에 3번, 일 년에 천 번, 주부로 산 35년 동안 35,000번, 앞으로도 세상 떠나는 날까지 줄창 이어질 노동.

TV를 켜기만 하면 한 떼의 남자들이 희희낙락거리며 음식을 하고 주구장창 먹어댄다. 남자들이 하면 예능, 여자들이 하면 다큐가 되는 노동.

어릴 때 읽은 동화책에선 보자기만 펼치면 밥상이 차려졌는데….

나도 일주일에 한 번만 차린다면, 희희낙락 즐거울까?

삼시 세끼, 먹어야 사는 삶이 곤혹스럽다.

삼시 세끼, 차려야 하는 삶이 고달프다.

(2016)

우리 안의 식민지

기어코 입원하고야 말았다.

설 나흘 전에 제사가 있어 제사음식 장만이나 차례음식 장만을 하는데 몸이 예전 같지 않았다. 혼자 준비한다고 해도 이렇게 힘들지는 않았는데 몸살이 나려나 싶었다. 그래도 설 연휴에 마무리 해야 할 논문이 있어서 연휴 내내 밤을 새우다시피 했고, 나중에는 자료 때문에 계속 연구실에 나가 늦게까지 있었다. 겨우 논문 마무리는 했는데 몸이 으슬으슬 추웠다.

날씨는 조금씩 따뜻해지는데 춥다고 자꾸 두꺼운 옷만 껴입고 다녔다. 며칠 지나자 관절 부분이 붓고 움직이기가 어려워졌다. 손가락, 손목, 무릎 등등. 아침에 일어날 때가 제일 힘들고, 낮에는 조금 덜했다. 점점 팔을 들기가 어려워 퇴행성 관절염인가 하면서 정형외과에 들렀다. X선 사진을 찍어보더니 퇴행성관절염이 시작되기는 되었다고 사흘치 약을 주고 물리치료를 받으라 했다.

며칠 약을 먹어도 차도가 없고 점점 걷기가 힘들어졌다.

동생이 일하는 대학병원에서 혈액검사를 해보기로 했다. 오후 수업만 있는 월요일 아침 채혈한 뒤 그대로 학교로 가려는 나를 잡으며 동생은 결과나 보고 가라고 했다. 1시간쯤 지났을까, 동생이 얼굴이 하얗게 질린 채 나타났다. "당장 입원해야겠다!"

원인은 모르고 급성신부전 증세로 신장이 10% 정도밖에 기능하지 않는단다. 목에 구멍을 뚫고 혈장을 교환하는 치료와 항암주사, 약물 치료를 병행하며 신장 기능이 나아지기를 기다렸다. 면역 기능이 없다는 말에 면회도 사절한 채 작은 입원실에서 꼼짝없이 지내야 했다.

휴강에 이어 병가를 내고 결국 휴직으로 이어졌다.

아프다는 소식에 사람들의 첫 반응은 왜 서울 큰 병원에 안 가느냐는 것이었다. 병원 한 군데만 믿을 수 없고, 더군다나 지방병원은 믿을 수 없다면서 혀를 끌끌 차기도 했다.

그 말을 듣는데 갑자기 '지잡대'라는 말이 떠올랐다. 서울에 있는 소위 명문대를 뺀 지방에 있는 대학을 가리키는 그 말을 처음 들었을 때의 모욕감까지.

이게 처음은 아니다. 15년 전 남편이 대전에 있는 대학병원에서 신장이식수술을 받았을 때도 가장 많이 들은 말이 왜 서울 병원으로 가지 않았느냐는 말이었다. 실제로 가족이 대학병원에 입원할 일이 많았는데 와보면 입원환자 중에 대전 사람은 거의 없고 공주나 논산이나 대전 인근의 소도시 분들이 많았다. 대전 사람들은 모두 서울에 가서 입원하는 모양이다. KTX가 생기고 나서 서울 집중이 훨씬 심해졌다고 한다. 그런가 하면 돈 많은 서울 사람들은 미국으로 간다고 들었다.

30년 전 친정아버지도 그러셨다. X선 촬영을 통해 위암을 진단한 의사는 서울 큰 병원에 가보라 했고, 서울로 가서 수술하고 치료 받고 내려온 뒤 6개월 만에 다시 재발하고 방을 얻어놓고 서울을 오르내리며 항암치료를 받은 아버지는 예정된 치료가 끝나자 기운이 다해 세상을 떠나셨다.

물론 나도 안다. 서울에 있는 큰 병원에 가야 할 경우가 있다는 것을. 새로운 의료기술이 필요하다든가 첨단 의료 기기가 필요하다든가 또는 경험이 많은 노련한 기술이 필요하다든가.

나에게 서울로 가보라는 사람들은 서울로 가지 않아 낭패 본 예를 수도 없이 들지만 나도 서울 오르내리느라 낭패 본 예를 수도 없이 들 수 있다.

서울 사람들은 사람이 되어 가지고 어떻게 서울 아닌 곳에서 살 수 있는지 의아해하지만, 어쩌다 서울에 가보면 나로서는 이런 곳에서 어떻게 사람이 사는지 묻고 싶다. 그러나 문제는 모든 권력이 집중된 서울이 지방을 지배하고 지방을 식민지로 여긴다는 것이다. 실제 어디에 살건 대한민국 사람들은 서울에 끈을 대지 않고는 살아가기 어렵다는 걸 체감하고 무슨 수를 쓰든 서울로 올라가려고, 자신이 못 갔으면 자식만은 올려 보내려고 발버둥 친다.

"말은 제주로 보내고 사람은 서울로 보내라"는 속담부터 다산 선생이 유배지에서 자식들에게 한 부탁, "무슨 일이 있어도 사대문 밖으로 이사 가지 말고 버텨라.", "서울을 벗어나는 순간 기회는 사라지며 사회적으로 재기하기 어렵다"는 말을 듣고 보면 서울의 우월한 지위가 최근에 생긴 것은 아닌 게 분명하다.

그러나 교통과 통신 시설이 불편했던 조선시대에야 그럴 수 있다지만 인터넷으로 전 세계가 순식간에 연결되는 21세기에도 서울과 지방을 중앙과 변방으로 나누고 변방을 중앙의 식민지로 여기는 정치체계나 심리기제라니, 참 당황스럽다. 이러니 수직적 지배구조가 사회의 모든 곳에서 판을 칠 수밖에.

몸이 아파 모든 걸 내려놓고 나서야 알았다. 굳센 의지를 관철시키느라 몸을 식민지 삼아 살아왔음을. 몸을 돌보면서 비로소 절감한다. 가장 여리고 아픈 곳이 생명의 중심임을.

아프면 뭐 어떤가.

변방이면 뭐 어떤가.

늙고 병들고 죽어가는 것이 생명이고, 중심은 고정된 것이 아니라 늘 바뀌며 기실 존재가 깃든 모든 곳은 중심과 변방이 서로 기대어 온전해지는 것을.

온전함이 무엇인지 찬찬히 곱씹어볼 시간이 주어졌으니 이 또한 고마운 일이다.

(2016)

이제야

병실에 누워 있는데 선배님이 자주 떠올랐습니다. 선배님이라면 지금 이 순간 저를 웃게 할 수 있을 것 같았습니다. 웃고 싶었나봐요. 평생 건강할 줄 알았는데 나이 예순에 병실에 누워 살아있는 동안 내내 이 병과 함께 해야 한다고 생각하자 가슴이 답답했습니다. 그래도 선배님이라면, 선배님이라면 아무렇지도 않게 이 국면을 전환시킬 질문 하나 툭 던질 것임을 믿어 의심치 않았습니다.

지난해 내내 독서모임에서 심리학 관련 책을 읽고 자기 내면을 들여다보는 글을 쓰고, 서로의 삶을 나누었습니다. 독서모임을 한지 10년이 넘어 자신의 상처와 고통을 나누는 일이 가능해진 덕분이었습니다. 그 작업을 통해 알게 된 건 저에게 있어 선배님은 사회적 아버지였다는 사실이었습니다. 그렇게 여기고 있다는 사실이 놀라웠고, 그걸 오랜 세월 까맣게 모르고 있다 이제야 알게 된 것도 놀라웠습니다. 띠 동갑, 12살 차이라 같이 지내는 동안은 아버지라 여기지 못했던 모양입니다. 게다가 아버지는 권위주의적이고, 격정적이어서 폭언을 서슴지 않았던 터라 선배님을 아버지와 연관시켜 생각한 적이 없었거든요. 오랫동안 아버지는 저의 타산지석이었습니다. 아버지를 한 인간으로 이해할 수 있게 된 것은 아버지가 돌아가신 연배인 쉰 중반에 이르렀을 때였고, 그때쯤엔 아버지처럼 살지 않겠다고 결심했음에도 불구하고 아버지와 제가 DNA를 공유하고 있다는 것도 인정하지 않을 수 없었지요.

밥 먹는 자리에서 아랫사람들이 밥값 내는 것만 보던 저는 선배님을 만나고 나서야 비로소 밥값은 조금 더 가진 사람이 내는 게 아름답다는 걸 알게 되었습니다. 윗사람과 함께 할 때든 아랫사람과 함께 할 때든 어떤 수를 써서든 언제나 밥값을 내고야 마는 선배님이 참 신선했습니다. 내가 내야지 벼르고 있어도 어느 틈에 선수를 치는 당신을 당할 수가 없어 차라리 그 방법을 배우기로 했지요.

중요한 학과 행사 중간에 피치 못할 일이라며 자리를 빠져 나갈 때는 서운했습니다. 해마다 같은 날짜에 치르는 일이니 날짜를 잊고 다른 약속을 잡았다고 해도 서운하고 알면서 다른 일을 만들었다면 그것도 서운했습니다. 더구나 선배님을 보고 참석한 외부 손님도 계셨으니까요. 행사가 끝나고 저녁을 먹으러 간 자리에서 사실은 오늘 딸이 결혼해서 어쩔 수가 없었다는 이야기를 전화로 들으며 어떻게 이럴 수가 있느냐고, 정말로 서운하다고 항의하기도 했지요. 하지만 개인적인 일로 다른 사람에게 폐를 끼치고 싶지 않다는 당신의 핑계를 오래 두고 생각한 결과 저도 딸 혼례를 다른 사람에게 알리지 않고 가족끼리 조촐하게 치렀고, 제가 그렇게 하는 걸 본 제자들 몇몇도 혼례를 그렇게들 치르고 있답니다.

어떤 자리에서고 나서지 않아 있는 듯 없는 듯이 있고, 이권이나 이름을 내는 일이라면 한사코 마다하여 무능력하다느니, 앉은 자리에서 풀도 안 날 거라느니 뒤에서 쑥덕거리는 사람이 많은 건 당신도 알았지요? 그래도 꿋꿋이 소신대로 생활하였지요. 언젠가 제가 묻자 모두들 얻으려고만 하니 더러는 손해 보는 사람도 있어야 하지 않겠느냐고 하였지요. 그때는 그 말이 이해되지 않았는데 그런 채 오래도록 가슴에 남아 어떤 일을 할 때 너무 많은 걸 가지고 있는 건 아닌지, 거기에 하나를 더 보태려고 하는 건 아닌지 돌아보게 됩니다.

아, 비유에 관한 한 선배님처럼 적합한 비유를 구사하는 사람을 본 적이 없습니다. 비유, 하면 흔히 시인들의 전유물처럼 생각하는데 당신은 시인도 아니면서 일상생활에서 그때그때 상황에 딱 맞는 비유로 말하곤 하였지요. 간혹 그 분의 본심이 무엇인지 모르겠다는 둥, 의사소통하기가 어렵다는 둥 하는 사람도 있었지만 전 언제나 탁월한 비유에 깜짝 깜짝 놀라곤 하였습니다. 이건 배워보려 해도 영 안 되네요.

떠난 다음에야 알게 되었습니다. 무슨 일에 있어서나 저를 100 퍼센트 아니 200퍼센트 믿어주는 분이 옆에 계셨다는 게 얼마나 든든한 일이고 큰 복이었는지를요. 그 지지를 믿고 어려운 일이 생기면 하소연을 쏟아놓고 자정이 넘은 시각에 불쑥 전화를 드리기도 하였지요. 아들이 횡액을 당해서 넋을 놓았을 때는 제일 먼저 달려와 사고 자체에 집중해 있던 제가 사고에도 불구하고 살아 있는 기적을 바라볼 수 있게 해 주었지요. 문을 두드린 뒤 들어와 "정 선생, 3분만 쉬었다 해요." 하던 모습이 얼마나 그리운지 모르겠습니다.

제자든 후배든 이성과 둘이 있게 되면 언제나 연구실 문을 열어두었고, 어려운 사람을 보면 소리 소문 없이 뒤로 도와 주었고, 개인적인 일에 동료나 제자들이 신경 쓰지 못하게 모든 의례를 거절하였지요. 어떻게든 사람들을 불러 모으려는 어른만 봐오던 터라 멋있는 거절도 있다는 걸 알게 되었지만 서운한 적도 있었답니다. 특히 떠나고 난 뒤 만나자고 청했더니 '동료 사이는 떠난 뒤에 그냥 서서히 잊히는 게 제일 윗길'이라며 거절했을 때요.

그래도 이렇게 누워서 곰곰 생각해보니 제가 한 일 중에 좀 괜찮다 여겨지는 건 모두 선배님을 따라한 것들이네요. 작정하고 따른 것도 아닌데 저도 모르게 물들어 버렸습니다. 아버지가 행동하는 걸 보고 자란 딸이 부지불식간에 그대로 따라하는 것처럼.

병실에 갇혀서 이렇게 세상을 떠나는구나 생각하자 저절로 눈물이 흘렀습니다. 하지만 제가 선배님의 좋은 점을 본받으려 하면서 조금씩 성숙해진 것처럼 제자나 후배들 중에 한두 명쯤 누군가도 그러지 않을까 떠올리자 눈물이 걷히고 마음이 담대해졌습니다. 눈앞에 해마다 화단에서 보던 금관화가 그려졌습니다. 금관화는 가을마다 깜짝 놀랄 만큼 풍성한 씨앗을 허공에 날리면서 아무 걱정 없이 사라지곤 하였지요. 그 순간 솜털 단 금관화 씨앗처럼 저도 두둥실 떠올랐습니다.

선배님, 이제야 고백합니다. 저도 모르는 사이 어느 새 당신을 아버지로 모셔 왔음을.

(2017)

4부

순례기

아, 샹그릴라!

 낮지만 힘찬 소리에 고개를 드니 장족의 전통복장을 한 아저씨가 물바가지를 들고 내게 말을 건네고 있다. 그 앞에는 부인인 듯한 아주머니와 딸과 아들이 그 물을 받아 머리부터 온몸을 쓰다듬는다. 이른바 세례이리라. 얼떨결에 그 아저씨에게 물을 받았다. 머리카락을 가지런하게 가다듬고 손도 씻고, 온몸을 훑었다. 갑자기 영혼이 말쑥하게 씻긴 기분이다. 공손하게 부처님 앞에 머리 조아렸다.

 송찬림사. 윈난성에서 가장 큰 티벳 불교 사원으로 1679년 달라이라마 5세에 의해 창건되었다 한다. 이곳 중톈은 달라이라마 5세에게 바쳐진 도시로 어느 집에서나 독경하는 소리가 들렸다 한다. 한꺼번에 1,600명이 독경할 수 있는 대형불전이 있는 이곳은 현재도 600여 명의 학승이 있다고 한다.

어젯밤 고성 광장에서 장족의 아주머니 한 분, 내게 장족의 전통춤을 가르친 스승(라마)이었는데 오늘은 장족의 아저씨 한 분, 세례의식을 베푼다.

쿤밍에서 다리, 리장을 거쳐 오면서 갖가지 상상 끝에 도달한 중텐은 예상보다 컸다. 그리고 오래된 건물이 남아 있는 것이 아니라 새로 지은 비슷비슷한 건물이 시내 중심가를 차지하고 있어 중국 정부에서 관광을 위해 급조한 티가 물씬 풍겼다. 해발 3,400미터, 조금만 말을 빨리 해도 숨이 찼다. 일 년 중 가장 관광객이 적은 때라더니 중텐 고성은 한적했다. 야크 털로 만든 목도리나 장갑, 옷 등이 걸려 있고, 문 앞에 야크 머리가 걸려 있기도 하다.

고성의 가운데 높은 곳에 사원이 자리 잡고 있다. 올라가 보니 혼자 돌리기엔 벅찬 대형 마니차가 있다. 몇몇이 달려들어 옴 마니 반메훔을 외우며 돌려 본다. 바람에 수많은 깃발이 펄럭인다. 이곳에서는 곳곳에 경전이 적힌 깃발이 달려있는데 자세히 보면 그 안에 말이 그려져 있다. 바람에 이 깃발이 날리면 말이 바람을 타고 하늘에 올라가 깃발을 단 사람의 소원을 알린다고 한다. 자신의 소원이 하늘에 가 닿기를 바란 것은 어느 민족이나 마찬가지였으니 문화에 따라 각각 다른 방식을 취한 것뿐이다.

1933년 발표된 제임스 힐튼의 소설 <잃어버린 지평선>에 나오는 샹그릴라는 절대적인 평화와 안식의 세계를 일컫는 말로 눈 덮인 봉우리의 대협곡, 찬란한 금빛 사원, 삼림으로 둘러싸인 호수, 소와 양떼가 거니는 대초원이 있는 이상향이다. 1996년 싱가포르의 배낭족들이 중텐에 들렀다 바로 여기가 소설에 묘사된 샹그릴라라고 주장하자 중국 정부에서 대대적인 조사를 한 끝에 1997년 중텐을 샹그릴라라고 공식 발표하였으며, 2001년에는 현 이름마저도 샹그릴라 현으로 개칭하였다.

저녁을 먹고 고성의 한가운데에 있는 광장으로 나왔다. 8시가 되자 장족의 전통옷을 입은 나이 지긋한 아주머니 한 분이 나와 장족의 전통춤을 춘다. 동작은 단순하고 느리다. 걸음도 느리게, 말도 느리게, 행동도 느리게 하지 않으면 숨이 찬다. 오른팔을 들어 올렸다 왼팔을 들어 올리기를 두 번, 반쯤 돌아 다시 제자리. 쉬운 듯한데도 따라하자니 쉽지 않다. 영하 10도는 됨직한 추운 날씨에도 머리부터 발끝까지 온통 두꺼운 천으로 싸매고 이 자리에 나온 사람들은 모두 한 마음으로 따라한다. 동양인이 대부분이지만 드물게 서양사람도 있다. 하늘엔 초여드레 달이 빛나고 그 옆에 목성도 함께 있다. 집단원무가 끝나도 달아오르기 시작한 흥은 멈춰지지 않았다. 호텔로 돌아오는 내내 추썩거리며 아는 노래는 모두 불러 젖혔다. 오리온왕자가 굽어보는 가운데 샹그릴라의 첫날밤이 깊어갔다.

절에서 나와 장족의 민가를 방문했다. 1층에는 가축이 살고 2층에 사람이 산다. 나이를 짐작할 수 없는 할아버지 한 분이 우리를 맞았다. 야크 치즈와 난로에 장작을 더 넣고 부엌에 들어가 수유차를 준비한다. 스무 살이 채 되지 않았을 청년이 수줍게 미소 지으며 수유차를 따랐다. 약간 비릿한 듯도 하지만 따뜻하고 구수했다. 구제역과 조류독감으로 셀 수 없이 많은 동물들이 생매장당하는 걸 화면으로 본 뒤 나라도 고기를 먹지 말아야겠다 다짐한 참이라 여행 내내 고기를 입에 대지 않은 몸에 수유차는 보약이되리라. 청년에게 짧은 중국어로 잘생겼다고 말하니 어쩔 줄 모른다. 푸른빛이 도는 흰자위가 해맑다. 난로 옆 전통 식탁에 잔을 놓기만 하면 수유차를 따라주어 배가 부르도록 마셨다.

중뎬은 기대만큼 아름답지 않았다. 차라리 백족이 사는 다리나 나시족이 사는 리장이 더 아름다웠다. 누구나가 탄복할 만큼 아름답고 비옥한 곳이라 샹그릴라인 것은 아니다.

해발 3,000미터에서 6,000미터에 달하는 고산에 둘러싸인 분지, 천천히 말하고 천천히 움직이며 느리게 살 수밖에 없는 곳, 독실한 신앙심으로 서로가 서로를 존경하며 짐승과 사람이 한 집에서 사는 곳, 야크도 돼지도 유유자적 제 삶을 즐기는 곳, 모두가 소박하고 검소하게 사는 곳. 조난 당해 잠시 머무른 서양인의 눈에 이곳이 유토피아로 비쳐졌다면 바로 이런 점 때문이었으리라.

선조들이 그려왔던 이상향을 떠올려 본다. 도연명의 <도화원기>에서 유래해 동양인에게 널리 알려진 무릉도원, 안평대군이 꿈에 본 무릉도원을 그린 안견의 <몽유도원도>, 허균이 꿈꾼 율도국, 연암의 <허생전>에 나오는 이상향, 제주도민들이 그리던 이어도, 청학동까지…. 이상향의 공통점은 왕래가 끊어진 곳이라는 점이다. 이 세상, 불안과 불행과 불화가 가득 찬 이곳과 자유로이 왕래할 수 있다면 이상향이 오염될 수밖에 없기 때문일까? 그렇다면 이상향은 어디에도 없는 곳(no where)이다.

중텐도 중국 정부의 뻔한 속셈이 간섭하기 전에는 샹그릴라였음에 틀림없다. 하지만 내가 찾아간 샹그릴라는 자본의 냄새를 맡은 중국 정부에서 관광객을 끌어들이기 위해 장족의 공동체를 파괴하며 급조한 세트장일 뿐이었다. 카페 샹그릴라, 술집 샹그릴라, 호텔 샹그릴라… 상품명으로 소비되는 샹그릴라는 이미 샹그릴라일 수 없다.

한번쯤 가볼 만한 곳이라는 추천에 기대를 안고 전 세계를 떠도는 사람들 때문에 자신들의 방식대로, 최소한의 것으로 자족하며 평화롭게 살던 지구상의 아름다운 공동체는 다 사라져 버린다. 라다크 공동체도 중텐의 장족 공동체도 리장의 나시족 목씨 공동체도.

샹그릴라가 어떤 곳인지 호기심을 참지 못하고 찾아간 나 역시 오랜 세월 지켜져 온 장족 공동체를 파괴하는데 일조한 것은 아닌지 그들에게 미안했다. 샹그릴라는 장족의 말로 '마음속의 해와 달'이다. 그러니 마음속에 해와 달을 간직하고 사는 곳이 샹그릴라인 셈이다. 돈과 권력을 위해 자신이 가진 시간과 정성과 기운을 다 써버리는 것이 아니라 자신이 지향하는 가치를 실천하는

사람이 나와 다른 존재를 인정하고 존중하며 공존하는 곳이 샹그
릴라이리라. 그곳에는 발은 땅을 딛고 살되 마음속엔 해와 달을
품은 존재들이 산다. 다른 사람이 가꾸어놓은 샹그릴라를 기웃대
느라 한평생을 보내는 대신 내가 살고 있는 이곳이 샹그릴라가
되도록 힘써야겠다.

여행을 통해 깨닫는 가장 큰 지혜가 내가 발 딛고 선 지금 이곳
의 삶이 지닌 가치라는 건 참 아이러니하다. 이상향은 어디에도
없는 곳이 아니라 지금, 여기(now here)이다.

(2012)

바이칼 명상

상상만 하던 시베리아 횡단열차를 타고 가도 가도 끝없는 설원을 달린다. 마침 정월 대보름. 흰 눈밭은 달빛을 받아 더더욱 환상적으로 하얗다. 밖은 영하 50도의 추위인데 기차 안은 반팔을 입어야 할 만큼 따뜻하다. 작은 창으로 온통 쏟아져 들어오는 달빛을 느끼며 침대에 눕자 규칙적인 기차의 덜컹거림이 안정감을 준다. 4인용 쿠페에 처음 들어올 땐 좁고 답답했는데 이상하다. 시간이 지날수록 점점 쾌적하게 변한다. 처음 만난 낯선 사람들과 이 좁은 공간에서 밤을 같이 보내고 세 끼 식사를 해결해야 한다. 울란바타르에서 이르쿠츠크까지 기차에서 보내는 시간은 갈 때 26시간, 돌아올 땐 30시간이다. 자다가 깨보면 낯선 사람들 코고는 소리 들리고, 다시 자다 깨보면 머리맡으로 달빛이 흘러든다. 일어나 복도로 나가니 잠 못 드는 분들이 군데군데 서 있다. 하염없이 차창에 붙어선 채 설원을 응시하는 사람, 메모지를 꺼내 들고 무언가 소회를 쓰는 사람, 화장실을 쓰기 위해 차례를 기다리는 사람.

이르쿠츠크는 상대적으로 따뜻하다. 사나운 바람이 몰아치던 울란바타르보다 기온이 10도 이상 높단다. 그래도 지나다니는 모든 사람이 모피 옷을 입고, 모피 모자를 썼다. 가이드가 러시아에선 겨울에 모자를 안 쓰면 경찰이 잡아간다는 우스갯소리를 한다. 도시를 한 바퀴 둘러보지만 사실 이번 여행의 정점은 바이칼 알혼 섬 부르한 바위에서 하는 일몰 명상과 북알혼 섬 하보이 곶에서 하는 일출 명상이다.

아침 일찍 알혼 섬을 향해 출발했다. 알혼 섬은 바이칼 호수에서 가장 큰 섬으로 수많은 전설을 간직한 바이칼의 중심지이다. 사방 어느 곳으로 눈 돌려도 눈과 얼음밖에 보이지 않는 꽁꽁 언 바이칼 호수를 달려가는 우와직(빙판을 달릴 수 있는 봉고 트럭) 열 대, 그 광경만으로도 가슴이 벅차다. 영하 50도라는 상상할 수 없는 추위에 우리는 모두 눈사람처럼 옷을 껴입고 손난로까지 두어 개씩 챙겼다.

2500만 년 전에 형성돼 지금도 지진이 잦은 바이칼은 여전히 생성 중인데, 남북의 길이가 636㎞, 긴 폭은 약 80㎞, 좁은 곳이 약 25㎞인 세계 최대급 크기에다 가장 깊고 세계 최고의 청정도를 자랑하는 담수호다. 그 호수가 꽝꽝 얼어 깊고 푸른 빙원이 되었고, 우와직은 그 위를 달려간다.

7시간 넘게 달려서 알혼 섬 후지르 마을에 도착했다. 옷을 챙겨

입고 일몰 명상을 위해 부르한 바위로 향했다. 시베리아 샤머니즘의 발원지로 알려져 있으며 세계 10대 성소 중의 하나로 꼽히는 독수리 형상의 거대한 바위. 영적 에너지가 충만한 신비로운 곳으로 일반인의 접근이 허용된 지 얼마 되지 않는 신성한 장소.

해가 지는 장엄한 부르한 바위를 바라보며 사람들이 우뚝 우뚝 앉아 있다. 무엇을 바라 바이칼 호수가 꽝꽝 언 이 혹독한 추위에 눈과 얼음을 마주하고 앉았는가. 내 삶에서 가장 추웠던 지점은 어디인가? 차마 마주 바라볼 수 없어 외면하고, 밀어내 생의 북쪽 창고에 엉긴 채 얼어붙은 얼음덩어리. 녹아내릴까봐 따뜻한 눈길 한 번 줄 수 없었던 차갑고 날카로운 바윗덩어리.

파도가 밀어올린 얼음기둥이 발목을 껴싸고 있는 부르한 바위는 붉은 이끼에 덮인 채 다만 고요하다. 서서히 노을이 어둠에 자리를 내주는데도 사람들은 앉은 채로 숨 쉬는 것조차 잊은 듯하다. 그 결기에 바람조차 숨을 죽인다.

지이이이잉~

명상을 이끄는 징소리에 몸과 마음을 수습하고 일어서는데 눈앞에 오색의 천을 휘감고 선 세르게* 열세 개, 돌올하다. 하늘로 가는 우주목이다. 하마 영험한 기운을 느껴볼 수 있을까, 살며시 안아본다. 일시에 어둠이 찾아와 세상 모든 것을 하나로 연결한다.

다음날 꼭두새벽부터 어둠 속을 두 시간 넘게 달려 하보이 곳에 도착했다. 이곳은 부르한 바위 부근과는 달리 호숫물이 수천 번

파도에 휩쓸리면서 얼어 얼음이 말 그대로 칼날이다. 넘어지기라도 하면 그대로 베이거나 부러질 얼음 칼날 위를 조심조심 디디며 수심 1,637m, 지구에서 가장 깊은 바로 그 위에 자리 잡고 앉았다.

내 생애 처음 보는 장엄한 일출이다. 사위는 떠오르는 해에 찬란하게 빛나는 얼음 왕국. 서로 부딪쳐 깨지며 벌떡 일어선 채 얼어버린 빙벽이 가득하다. 얼음만으로도 장관인 하보이 곶에 태양이 솟아오르자 천지에 빛만 가득하다.

느닷없이 해가 불끈, 몸속으로 들어온다. 순식간에 얼음 위에 가부좌하고 앉은 몸뚱아리에 빛이 가득 찬다.

"두려움 없이 세상의 빛이 되라." 말도 아니고 소리도 아닌데 내 몸은 그 의미를 알아듣는다. 생의 북쪽 창고에 처박아둔 차갑고 딱딱한 얼음덩어리가 녹는다. 뜨거운 눈물로 흐른다.

징소리에 일어난 우리는 누가 먼저라 할 것 없이 서로서로 주변에 있는 사람을 얼싸안는다. 울면서 웃으면서 뜨겁게 포옹하며 인사한다. 고맙다, 미안하다, 사랑한다.

새로 태어난 기쁨에 환호하던 우리는 그 중 제일 얇게 언 곳을 찾아 얼음을 깨고 우물을 팠다. 한 사람씩 가장 낮은 자세로 얼음 위에 엎드려 차고, 깨끗한 물을 몸 안에 들였다.

아아, 바이칼 호숫물을 마중물 삼아 영혼의 샘을 팠다.

(2014)

*세르게 : 우리의 솟대와 비슷하다. 여기에 형형색색의 헝겊 조각을 묶어둔다. 우리와 같이 오방색이다.

애끓는 마음으로

제주에 성지순례를 간다는 공지를 보자 머리를 한 대 맞은 듯했다. 열댓 번 제주에 가보았지만 한 번도 성지란 생각을 하지 못했던 터다. 추사가 유배되어 살던 대정리에 맨처음 갔을 때 웬 비석이 서 있어 보니 '정난주 마리아 묘'라 써 있었는데 누군지 감이 오지도 않았고 일행들도 추사에만 관심이 있어 들른 터라 그냥 지나쳤었다. 추자도에도 들른다는 일정표를 보고 섬을 좋아하는 남편을 설득해 함께 순례길에 올랐다.

새미 은총의 샘, 정난주 마리아 대정 성지, 김대건 신부 표착 성당, 추자도 황경한 묘, 복자 김기량 수교 현양비, 황사평 성지, 관덕정 등을 순례하는데 난 모자 간인 정난주 마리아와 황경한에게 가장 마음이 쓰였다.

정난주 마리아가 정약현의 맏딸이라는 사실을 알게 되자 정약

전, 정약종, 정약용 등 다산의 형제들이 주르륵 떠올랐고, 또한 황사영의 부인이라는 사실을 듣자 황사영 백서사건으로만 알고 있던 역사책 속의 단편적 지식이 구체적으로 또렷이 살아났다.

남편이 1801년 음력 9월 능지처참 당하고 정난주 마리아는 음력 11월, 두 살 난 아들 경한을 품에 안고 제주 유배 길에 올랐다. 유배길 자체만 삼천리이다. 동짓달 추위에 죄인으로 포박되어 가는 길만도 가시밭길이었을 테고, 험하기는 제주 뱃길이 더했으리라. 하지만 마리아는 평생 관노로 살아갈 아들 걱정이 더 컸던 모양이다. 궁리를 거듭한 끝에 뱃사공을 매수해 배를 추자도 인적 없는 해안가에 이르게 하고 바위 위에 아들을 내려놓았다 한다. 마리아는 제주에서 37년간 관노로 살았는데 관노를 담당하던 관리 김씨의 집안에서 어린 아들을 맡기고 돌보아 주어 노비라고는 해도 '서울 할머니'로 불리며 이웃의 칭송을 받았다 한다. 하지만 집안이 온통 멸문지화를 당하고, 남편도 능지처참을 당하고, 어린 아들과 생이별한 채 살아가는 그녀에게 신앙이 없었다면 그 긴 세월을 어떻게 버틸 수 있었으랴. 아무리 신앙이 있다고 해도 그렇지 마리아의 마음을 생각하자 밤새도록 내 가슴이 바작바작 탔다.

다음날 추자도로 향했다. 추자 공소에서 미사를 드리는데 머리가 허연 남자 노인이 풍금 반주하는 모습에 눈이 갔다. 추자도는 상추자, 하추자, 추포, 황간도 등 4개의 유인도와 38개의 무인도로 이루어져 있는데 하추자도에 황경한의 묘가 있었다. 하추자도에 남겨진 어린 황경한은 오 씨 성을 가진 한 어부가 거두어 길렀는데 경한이 입고 있던 저고리 동정에 깨알 같은 글씨로 이름과 생년월일이 쓰여 있었다 한다. 커서 자신의 내력을 알게 된 황경한은 늘 어머니를 그리워하면서 제주도에서 고깃배가 들어오면 어머니의 안부를 물었다 한다. 왜 아니 그러하겠는가. 어른이야 어른의 의지로 선택한 일이고 그 일의 결과에 대해서도 자신이 책임을 진다고 하지만 어린아이로서 얼마나 이해하기 힘들고 어머니가 그리웠을까. 그 작은 섬에 갇혀 제주 쪽만 바라보며 어머니를 그렸을 어린 경한을 생각하자 마음이 칼에 찔리는 듯하다.

묘 아래 쪽에 '황경한의 눈물'이라는 샘이 있었다. 경한의 애끓는 마음에 하늘이 내린 샘이라 하는데 아무리 가물어도 마르지 않는다는 설명을 읽자 평생 눈물 마를 날이 없었을 황경한이 여전히 그 자리에 있는 듯 여겨진다.

생전에 다시 만나지 못한 채 애끓는 마음으로 평생을 지냈을 어머니와 아들의 자취를 보자 신앙이 무엇이기에 목숨을 버리는 선택을 하게 하고 자식과 생이별한 아픔을 감내하게 하는 건지 두려워진다. 며칠 혹은 몇 달 감옥에 있다 처형되는 것보다 마리아가 살아서 감내했을 고통이 훨씬 크게 다가오는 건 나도 자식을 둔 어미여서인가.

나에게 신앙은 무엇인가. 내가 가진 모든 것을 잃고 가정이 풍비박산 나는 선택 앞에서도 흔들림 없이 갈 수 있을까. 질문이 송곳처럼 마음을 찌른다.

고통 앞에 서있다 여겨질 때면 십자가에 못 박히는 예수와 그 아들을 지켜보셨을 성모 마리아를 떠올리곤 했다. 이제 두렵고 떨리는 마음으로 정난주 마리아와 황경한의 눈물도 그 목록에 넣어야겠다.

(2017)

당신이 제게 오셨나이다

2011. 7. 20. 수

밀라노 두오모 성당

밀라노로 가는 비행기에 앉아있자니 정말로 가는구나, 실감이
난다. 지난 3월 개강미사에서 시몬 신부님이 이탈리아 순례여행
이야기를 하셨을 때 무조건 가야겠다 마음먹었다. 무려 17년 전
아이들과 잠깐 로마와 피렌체, 밀라노를 스치듯 지나면서 기회가
되면 이태리만 여행하고 싶다고 생각했기 때문이다. 또 하나는
신부님의 자유로운 영혼과 만나 자유로운 기운을 나누어 받고 싶
어서였다.

방 같이 쓸 사람 함께 가는 게 좋다는 말씀을 듣고 일본에 사는
시누님에게 전화했다. 신앙을 가지고 있지는 않지만 이 기회에

같이 가면 좋겠다 싶었다. 시누님도 다른 사람에게 방해가 되지 않는다면 가고 싶다고 하셨다.

　중간에 일정표를 받았지만 여행 떠나기 여러 달 전인데다 슬쩍 보았더니 된소리가 많이 들어가는 지명이 빼곡한 게 생소해 나중에 보자 한 것이 비행기에 탑승할 때까지 다시 떠들어보지 못했다. 거기다 학교행사랑 겹쳐 예비모임에도 참석하지 못하고 비행기를 탔으니 아무 준비도 없이 덜컥 시작된 여행이다. 준비한 만큼 보고 느끼는 게 여행인데 이래 가지고 제대로 순례를 할 수 있을지 걱정스럽지만 일단 당신의 초대에 그저 응했으니 어여삐 보아 주시리라 믿기로 했다. 내가 한 준비는 단 하나, 기도서 이외에는 아무 책도 가져가지 않는 것이다. 문자중독자인 나는 무슨 책이건 책만 있으면 거기에 마음을 빼앗기는 터라 책은 모두 빼놓았다. 순례길에서 만나는 존재에 마음을 오롯하게 주고 싶었다.

　일행은 지도신부님과 여행사 자매님을 합해 35명인데 신자 아닌 분이 셋이다. 그 중 한 자매는 신심 독실한 어머니와 함께 여행하니 곧 세례를 받을 게 분명했고, 또 한 분은 기독교 신자로 집사 직분을 가지고 있으며 다른 한 분이 시누님인 형님이었다. 신자들도 무려 이십 년 가까이 쉬고 있는 분부터 자유롭게 성당에 나가는 분, 열심한 분까지 분포도가 아주 다양했다.

　비행기를 기다리는 동안 팔다리에 온통 문신을 한 외국 청년을 보았다. 눈살이 찌푸려졌다. 으음, 아직도 저렇게 문신을 하고 다니네! 왜소한 체격이라 조폭으로 볼 수는 없었지만 문신의 정도가 작고 귀여운 것이 아니라 드러난 다리와 팔에 가득한데다 색깔도 알록달록해 어딘가 사람이 불안정해 보였다. 자리에 앉고 보니 아뿔싸, 그 청년이 창가에 앉고 가운데자리에 형님이 통로쪽에 내가 앉게 되었다. 에구, 하필 하는 생각으로 청년을 지켜보는데 어쩔 줄 몰라 하면서 들락날락거리며 몸부림을 치는 기색이 역력했다. 무슨 뜻인지는 알 수 없지만 욕설처럼 여겨지는 말을 내뱉으며 툴툴거리기도 했다. 그러다 청년의 발밑을 보게 되었는데 '후쿠오카'라고 씌어진 비닐봉지가 있었다. 후쿠오카라면 형님 집에 가느라 몇 번 가본 적이 있는 도시라서 일본에서 오느냐고 물었다. 그는 그렇다고 대답했다. 영어로 몇 마디 대화를 나눈 끝에 그는 화가이며 후쿠오카에서 개인전을 하고 이탈리아로 돌아가는 길이라는 걸 알게 되었다. 후쿠오카에서만 두 번째 개인전인데 개인전 자체보다 어제 한 인터뷰가 훨씬 어려웠다며 너스레를 떨었다. 할 때는 힘들었어도 방송을 보니 어떻더냐고 물었더니 어깨를 으쓱거리며 방송은 보지도 못하고 돌아간다며 아쉬워했다.

그가 예술가라는 사실을 알자 불편했던 마음이 싹 가셨다. 문신도 자기 몸을 화판으로 여겨 그림을 그린 것으로 여겨졌다. 정말 바늘로 한 땀 한 땀 뜬 문신이 아니라 지워지는 물감으로 한 것인지도 모르는데 알지도 못하면서 오해했구나 생각하는 순간 정신이 번쩍 들었다. 내가 일상적으로 저지르는 오해의 대부분이 어떤 것인지 훤히 드러난 것이다. 무엇이건 내 마음대로 생각해 덧붙이거나 잘라내면서 그걸 실체라고 믿거나 진리라고 여기는 습성, 인정하고 싶지 않지만 이게 내가 사물이나 존재를 이해하는 방식이었던 거다. 이번 순례길에서 선입견을 버리고 존재를 존재 그 자체로 바라보는 안목을 기르라고 이끄시는 당신의 손길이 느껴졌다.

밀라노에 도착하니 7시간을 벌어 저녁 6시이다. 모니카 자매님이 반갑게 맞아 버스로 안내했다. 우리를 이탈리아 곳곳으로 데리고 다닐 쥬세뻬 기사는 전형적인 이탈리아 장년의 모습으로 임신 8개월은 됐음직한 몸집이다. 파스타, 고기와 약간의 채소, 과일 이렇게 세 차례에 걸쳐 나오는 이탈리아 현지식으로 저녁을 먹고 짐을 풀었다.

비행시간이 길긴 했어도 첫날부터 호텔에서 개길 순 없다는 일념으로 밀라노 두오모 성당으로 나갔다. 두오모는 돔이라는 뜻이지만 돔이 있다고 다 두오모는 아니고 주교좌성당을 이르는 말이다. 고딕양식으로는 이탈리아에서 가장 큰 밀라노 두오모 성당은 뾰족뾰족한 첨탑이 산을 이루고 있다. 건국 150주년을 맞아 대청소를 했다는 성당은 그 화사한 대리석 색깔이 지는 해를 받아 환하게 빛났다. 하늘 끝까지 닿고 싶었던 사람들의 염원은 무엇이었을까? 권력? 부? 명예? 무엇을 위해 대리석을 갈고 닦고, 자르고 맞추며 저리도 웅장한 성당을 지었단 말인가? 당대 교황들의 권력과 위엄에 기가 질리기도 하지만 그 공사에 직접 참여한 사람의 마음은 지극한 신심이었으리라. 그 신심에 머리 숙여 경의를 표하며 두오모 성당을 한 바퀴 돌고 그 앞에 있는 비토리오 에마누엘레 2세 갈레리아로 들어섰다. 정문의 아치가 아름다운 갈레리아는 유리지붕이 덮여 있는 실내거리로 카페, 서점, 음식점, 명품점 등 다양한 상점이 있는데 한결같이 세련되고 격조가 느껴진다. 갈레리아를 빠져 나오자 밀라노 스칼라좌 오페라 극장이 있고 그 앞엔 레오나르도의 조각상이 서 있다. 빈치 마을에서 온 레오나르도란 뜻의 레오나르도 다 빈치가 밀라노에 온 건 서른 살 때이건만, 또 그는 르네상스를 대표하는 천재이건만 오페라 극장 앞에 서 있는 그는 어둡고 피로해 보인다. 여행 첫날인데 내가 피곤한 모양이다. 얼른 숙소로 가야겠다.

2011. 7. 21. 목

꼬르띠나 담배쪼 본당

오늘은 밀라노 북동쪽으로 올라가 이탈리아 알프스 지역인 남티롤 지방의 자연을 맛보는 날이다. 파란 하늘에 공기는 맑고 가끔 흰 구름이 둥싯둥싯 떠다닌다. 너른 들을 가진 토렌토 지역은 가도 가도 끝없이 올리브밭, 사과밭, 토마토밭으로 이어진다. 삶의 자리에서 떠나 이 좋은 자연으로 피정을 왔으니 하늘을 많이 바라보고 아름답고 평화로운 영상을 많이 담아두라는 신부님 말씀에 다들 자연 풍광에 마음을 두었다.

사람이란 집중하는 시간이 길지 못한 법, 조는 사람이 많아지자 돌아가며 자기소개를 하기로 했다. 누구인지, 어떤 마음으로 참여했는지 등등. 이 많은 사람을 일거에 기억할 수는 없으나 그래도 대강 누구인지, 누구랑 누구랑 같이 온 사람들인지 윤곽이 잡혔다. 부부가 다섯 쌍, 모녀가 한 쌍, 모녀와 세 자매, 초등학생 아들을 데리고 온 모자, 친구들, 혼자 온 사람 몇몇 그리고 시누이 올케 간인 우리, 이런 구성이다. 나이도 다르고 사는 곳도 다르고 성별도 다르고 관심사도 다른 사람이 함께 순례하자니 혼연일체가 되는 게 쉽지는 않을 것이다. 하긴 혼연일체가 되는 게 꼭 바람직하지 않을지도 모른다. 산과 들, 계곡과 호수, 하늘과 태양, 바람과 구름 서로 이질적인 자연이 질서 속에서 조화를 이루듯 우리도 조화를 이룰 수만 있으면 그것으로 좋으리라. 처음이라 조금 낯설고 조금 서걱이는 기운이 없지 않지만 함께 순례길에 나섰으니 차츰 나아지리라 생각하는 사이 3,000미터가 넘는 암봉이 이어지는 돌로미테 지역의 경승이 나타나기 시작한다. 석회암과 백운암으로 이루어진 침봉이 거대한 군락을 이루는 가운데 빙하와 숲이 어우러진 빼어난 풍광에 환호성이 터지고 사진기가 번쩍이며 가파른 길을 굽이굽이 돌아 호텔에 도착했다.

파스타와 칠면조, 감자, 케이크로 점심을 먹고 케이블카를 타고 하늘로 가는 화살표란 이름을 가진 지역으로 올라갔다. 3,000미터가 넘는 바위산들이 둘러 선 절경이다. 고산의 변덕스러운 날씨는 금세 바뀌어 비가 조금 흩뿌리며 운무가 피어올라 아래쪽이 안 보였다. 고산증세가 나타나는 사람은 그 자리에 두고 나머지 사람들은 눈이 남아 있는 계단을 올라 정상으로 향했다. 해발 3,244미터. 올라가봐야 운무에 휩싸인 모습뿐이리라 여겨졌지만 그래도 힘겹게 계단을 올랐다. 정상에 서자 거짓말처럼 햇살이 나타나 구름을 쫓아버린다. 시야의 반은 운무에 가린 신비한 모습이고 반은 햇살이 빛나는 푸른 하늘과 줄지어 선 채 인사하는 바위산맥들, 그 웅혼한 자연에 저절로 탄성이 터져 나온다.

이탈리아 알프스 지역에 있는 꼬르띠나 담배쪼. 자그마한 산골 휴양지 본당을 찾아가 첫 미사를 봉헌했다. 복음말씀이 "너희의 눈은 볼 수 있으니 행복하고, 너희의 귀는 들을 수 있으니 행복하다"이다. 세상 것에 마음을 빼앗겨 눈과 귀가 있으나 세상 것이 아니면 보지도 듣지도 못하는 내가 보이는 것 너머, 들리는 것 너머의 신비에 닿을 수 있을까? 마음이 저리다. 신부님은 지극한 사랑은 절대 감성적이지 않다고 말씀하신다. 신학교 피정에서 감동적인 미사 끝에 울면서 서로 목숨 걸고 사랑한다고 고백을 나누었단다. 이어서 축구시합이 있는데 축구화 끈이 끊어져 축구화 좀 빌려 달라니까 상대편이라 안 된다고 했다는 일화를 소개하신

끝이다. 이야기를 들으며 웃었지만 갑자기 온몸에 소름이 돋는다. 그건 감성적으로 잠시 마음이 움직여 목숨이라도 내줄 것처럼 말하지만 실제 생활에서는 사소한 것도 나누지 못하는, 바로 내 모습 아닌가.

저녁 미사를 봉헌하러 온 마을사람들이 머리카락 검은 동양인들이 낯선 말로 미사를 드리고 있자 호기심 어린 눈으로 바라보다 흐뭇하게 고개를 끄덕이며 함께 했다.

휴가 온 노인들이 따뜻한 옷으로 감싸고 어슬렁거리는 한가한 거리를 우리도 삼삼오오, 여기저기 기웃거렸다. 따뜻한 옷을 가져오라고 그렇게 일렀어도 얇은 긴팔 옷 한두 개만 챙겨온 형님이 스웨터를 살까 말까 망설이다 남쪽으로 내려가면 더워지겠지 뭐, 하루만 참자며 발길을 돌렸다.

알프스 산맥 남티롤 돌로미테 지역 꼬르띠나 담배쪼의 밤이 깊어갔다.

2011. 7. 22. 금
베네치아 산마르코 성당

오늘은 남쪽으로 내려가 빠도바에 들렀다 베네치아에 가는 날이다. 버스에서 신부님이 여행과 순례의 차이가 무엇이냐고 물으셨다. 이런 저런 대답이 나왔지만 신부님은 여행은 쇼핑이고 순례는 봉헌이라고 잘라 말하시며 우리나라 사람들은 봉헌이라면 돈만 생각하는데 그러지 말고 남을 위해, 자신을 위해 기도하라고 이르셨다.

빠도바는 안토니오 성인의 도시였다. 12세기 말에 태어나 13세기 초에 활동했던 안토니오 성인은 특히 뛰어난 설교와 화술로 유명하다. 빠도바 전체를 완전히 개종시킨 성인은 가난한 이들의 수호성인으로 그들을 위해 헌신했다. 고딕 양식의 성 안토니오 대성당은 크고 아름답다. 광장에 서 있는 카타멜레타 장군상은 도나텔로의 작품으로 고대 이래 최초의 청동 기마상이다. 도나텔로는 대성당 제대에도 성모 마리아와 아기 예수, 그리고 성인들의 모습을 담은 청동 조각을 만들었다. 이 성당에는 성인의 유해가 모셔져 있을 뿐만 아니라 성인의 혀와 턱, 유해를 감쌌던 아마포를 전시해 놓았다. 설득력 있는 말을 잘 하는 게 무엇보다 필요한 분야를 공부하고 있는 딸을 위해 초를 봉헌하며 기도하였다.

점심은 중국식이다. 파스타가 유명한 나라인데다 워낙 밀을 좋아하는 난 이탈리아 음식이 좋았지만 밥이 그리운 분들이 많았던 모양이고 며칠 안 된 그 사이에도 밤마다 컵라면을 드신 분들도 계셨던 모양이다.

드디어 베네치아로 간다. 베네치아는 수백 개의 섬 위에 세워진 수상도시이다. 거기에 가기 위해서 버스는 시 외곽 주차장에 세워

놓고 모터보트를 타야 한다. 구도시는 여행객들로 그득하다. 밀고 밀리는 군중 속에서 일행을 놓치지 않으려고 애쓰며 산마르코 성당까지 왔다. 오늘은 여기서 미사를 봉헌한다.

복음은 부활하신 예수를 맨 처음 만난 마리아 막달레나 이야기이다. 마리아 막달레나는 복음 속에 나오는 다양한 여인을 대변하는데 모두들 죄로 얼룩진 상처와 아픔을 가지고 살아가는 사람들이다. 그런데 부활하신 예수님은 바로 이 여인 앞에 처음 나타나셨다. 신부님은 많이 아는 사람이 아니라 가장 사랑한 사람에게 나타나셨음에 주목하셨다. 많이 아는 것보다 더 중요한 것이 많이 사랑하는 것이다. 그리고 간음하다 붙잡힌 여인을 용서하시면서 하신 말씀을 상기시켰다. "나도 너를 단죄하지 않는다. 가거라, 그리고 이제부터 다시는 죄 짓지 마라." 순례가 끝나면 우리는 집으로 돌아가야 하지만 그 집이 내가 살던 방식대로 사는 옛집이 아니라 새로운 집이 되게 하자고 우리를 북돋우셨다.

워낙 사람이 많은 크고 복잡한 성당에서 시간에 쫓기듯 미사를 드렸지만 그래도 감개가 무량하다. 사도의 유해나 성인의 유해를 모시고 있어야 많은 참배객들이 몰리고 그래야 장사도 잘 될 것임을 간파한 베네치아 상인들이 훔쳐온 것이라고는 하지만 그 또한 시대의 풍조임에야. 이집트의 알렉산드리아에서 가져온 마르코 사도의 유해 위에 세워진 산마르코 성당은 비잔틴 건축의 대표적 양식이고 날개 달린 사자로 상징되는 마르코 사도는 베네치아의 수호성인이다.

자유 시간을 주었는데 워낙 사람이 많아서 길을 잃을까 조심스러웠다. 베네치아에서 가장 눈에 띄는 것은 갖가지 장식이 화려한 가면이다. 사람들과 몰려서 베네치아 공화국 감옥과 팔라초 두칼레(베네치아 공작궁) 사이에 서 있는 '한탄의 다리'를 건너 베네치아 상업의 중심인 리알토 다리까지 갔다. 베네치아 섬 대운하에 놓인 세 개의 다리 중 가장 아름답고 유명한 다리로 만 개 이상의 말뚝을 박아 세웠다 한다.

떼를 지어 거의 뛰듯이 다니는 게 힘들어 산마르코 광장에 있는 음악카페 플로리아노에 들어갔다. 현악 사중주단이 연주를 하고 멋진 이탈리아 청년들이 써빙을 하는 카페에서 커피와 아이스크림을 먹으며 다리를 쉬자 우리가 여행중이라는 게 실감났다. 음악소리에 맞추어 한껏 기분을 고양시키며 베네치아를 방문해 이 카페에 들렀던 명사들을 떠올렸다. 괴테, 스탕달, 바그너, 릴케, 하이네, 니체⋯. 물경 사만 오천 원이 넘는 돈은 평생에 처음 맛보는 플로리아노의 낭만에 바치는 헌금이다.

곤돌라 타야 비싸기만 하고 재미도 없다고, 구정물 냄새만 난다고 우기는 사람도 있었지만 베네치아, 하면 사람들 머릿속에 박혀 있는 곤돌라를 체험하지도 않고 구도시를 떠날 수는 없다는 사람이 압도적으로 많아 나가는 배표를 바꾸었다. 사공이 멋진 제복을 차려 입지도 않았고, 이탈리아 민요를 불러주지도 않았지만 삼상

한 바람이 부는 운하 사이를 가로지르는 맛은 괜찮았다. 말뚝이나 돌받침대 위에 세워져 세월의 흔적을 느끼게 하는 고딕양식, 비잔틴 양식, 로마네스크 양식, 바로크 양식 등 다양한 건물을 보는 재미가 쏠쏠했다. 물속에 기초공사를 하고 석조건축을 짓자매 얼마나 힘이 들었을까? 그럼에도 불구하고 이렇게 아름다운 건축물을 지을 수 있었던 것은 중개 무역업을 했던 베네치아의 엄청난 부와 그 부를 바탕으로 문화와 예술을 추구했던 베네치아 사람들의 안목 덕분이다. 대저택의 현관 앞을 지날 때면 영화 <오셀로> 속으로 들어가는 듯도 싶었다.

나가는 막배에는 우리만 있었다. 뉘엿뉘엿 지는 해는 떠나는 베네치아를 더욱 아름답게 물들이고, 그걸 바라보는 우리는 세상에서 가장 아름다운 애인을 두고 떠나는 듯한 아쉬움에 사로잡혔다. 이탈리아 가곡을 배우는 중이라는 바실리오 형제가 <공주는 잠 못 들고>를 부르자 소리를 배운다는 아녜스 자매가 진도아리랑으로 화답했다. 우리도 입을 맞췄다. "아리아리랑 쓰리쓰리랑 아라리가 났네", 추썩이며 내지르는 후렴구가 밤바다에 퍼져 나갔다.

2011. 7. 23. 토

라 베르나에 있는 천사들의 성모마리아 성당

오늘은 라벤나에 들렀다가 라 베르나로 이동하는 날이다. 버스에서 신부님은 "돌발변수를 사랑하라"고 말씀하신다. 여행이란 그리고 인생이란 늘 돌발변수가 있는 법, 왜 예정과 다르냐고 불평하고 짜증내다 보면 여행 자체를, 인생 자체를 망치게 된다. "잘 못 든 길이 지도를 만든다"는 한비야의 말도 생각나고, "길을 잃어버리고, 지갑도 잃어버린 뒤에야 진정한 여행의 맛을 보게 된다"는 말도 생각난다.

아드리아 해 근처에 있는 라벤나는 우리에겐 생소한 이름이지만 서로마제국의 마지막 수도였던 곳이고 비잔틴 제국의 라벤나 지방 행정중심지로 융성했던 곳이다. 8세기 이후 쇠락해 지금은 조용한 소도시이지만 비잔틴의 모자이크 걸작이 잘 보관되어 있다. 갈라 플라치디아는 호노리우스 황제의 누이인데 황제가 사망하자 그녀의 어린 아들이 왕위를 물려받았고 그녀는 아들을 대신해 섭정하였다. 그 기간 동안 그녀는 문화예술을 전폭적으로 지지했다. 붉은 벽돌로 수수하게 지어진 그녀의 무덤에 들어서자 저절로 탄성이 나왔다. 1500년 전에 제작된 모자이크가 이토록 아름답게 제 빛을 지니고 보존되어 있다니 부럽고도 부럽다. 라벤나의 모자이크는 손톱만한 유리 타일 조각을 붙인 거라 저렇게 선명한 색상을 자랑한다고 한다. 6세기에 지어진 산아폴리나레 누오보 성당은 양쪽으로 줄지어 선 기둥이 장관인데 기둥 위 벽면이 모두 모자이크다. 그리스도의 수난과 생애, 성인들과 동박박사의 모습이 섬세한데다 선명해 눈을 크게 뜨지 않을 수 없다. 산비탈레 성당에는 이 성당을 짓도록 명령한 유스티아누스 1세 부부가 신하들과 함께 그리스도에게 예물을 바치는 그림이 그려져 있다. 황제 부부는 라벤나에 온 적도 없다지만 황제였기에 성인에게만 허락되는 후광까지 입고 1500년이 넘도록 여전히 비탈레 성당에 서서 여행객을 맞이하고 있다.

라 베르나는 이탈리아 반도를 동서로 가르는 아페니노 산맥의 고립된 둔덕의 하나로 1,128미터에 달하는 산이다. 좁고 꼬불꼬불한 길은 속리산 마티재의 몇 배가 되게 길어 어질어질 멀미가 일었다. 이곳은 1224년 9월 14일경 프란체스코 성인이 오상을 받은 성지이다. 사람들의 방해를 받지 않고 기도와 참회와 단식을 할 수 있는 라 베르나에서 성인은 바위 틈 굴에 기대어 기도하고 지내셨다고 한다. 프란체스코의 오상 성흔은 십자가에 대한 지극한 사랑에 대해 일치의 표시로 내려주신 하느님의 선물이요 은총이다. 오상을 받았다고 전해지는 그 자리에 오상 경당이 있다. 무지한 주일 신자에 불과한 나는 오상을 받은 성인이 있다는 사실도 처음 알았다.

라 베르나에서는 미사가 예약되어 있지 않았다. 모니카 자매가 미사 봉헌을 예약하기 위해 애썼지만 기다려 보라는 대답만 들었다. 우리 일행이 대성당과 오상 경당, 성인의 침실을 둘러보는데 생활한복을 입은 한국인이 있었다. 로마에서 신학교를 마치고 마지막 30일 피정을 와 있는 김누리 미카엘 신학생으로 그도 뛸 듯이 반가워했다. 이런 우연이! 이 외딴 산속 성지에서 만난 한국인이 내 아들과 이름이 같은 신학생이라니. 마치 아들을 만난 듯 반가웠다.

신부님이 프란체스코 형제회의 알렉산드리아 신부를 만난 끝에 미사 봉헌이 결정되었다. 장소는 프란체스코가 지극히 복되신 동정 마리아의 환시를 본 뒤에 오를란도 백작에게 청하여 성모님이 알려주신 장소에 일러 주신 규모대로 지은 천사들의 성모 마리아 성당으로, 이 성지에서 가장 오래된 건물이다.

눈물과 환희의 미사가 봉헌되었다.

지극한 사랑에 대한 증거가 상처와 고통이라는 것이 충격이다. 사랑의 달콤함만을 누리고자 하는 보통의 사람에게 그 증거는 얼마나 치명적인가. 그러나 최근 몇 년 동안 아들 누리에게 일어난 고통을 떠올리자 결국 고개를 주억거리지 않을 수 없다. 한밤중 교통사고로 비롯된 아들의 고통이 삼 년 동안 일곱 번의 수술로 이어졌지만 그 고통을 통해 본인에게는 물론 그걸 지켜보는 내게도 값진 깨달음을 주시지 않았던가.

아아, 복음은 밀과 가라지에 대한 비유다. "종들이 그러면 '저희가 가서 그것들을 거두어 낼까요?' 하고 묻자 그는 이렇게 일렀다. '아니다, 너희가 가라지들을 거두어내다가 밀까지 함께 뽑을지도 모른다. 수확 때까지 둘 다 함께 자라도록 내버려 두어라.'"

밀과 가라지를 가르고 가라지를 뽑아내는 일은 내 일이 아닌 것이다. 하느님께서는 의인에게도 악인에게도 다같이 비를 주시며, 밀과 가라지도 수확 때까지 둘 다 함께 자라도록 내버려 두라고 말씀하신다. 그런데도 난 웬 오지랖이란 말인가? 예수님께서도 내버려 두라고 하시거늘, 가라지라고 낙인 찍고 싶어하고, 가라지라고 손가락질하고 싶어하고, 가라지라고 뽑아버리지 못해 안달을 하니. 제가 교만하고 또 교만했나이다.

신부님은 프란체스코 성인이 어린 보나벤투라를 축복하신 한마디 말이 보나벤투라를 성인으로 이끌었다면서 축복이 주는 힘, 누군가의 실존을 건드리는 말 한 마디의 힘을 역설하셨다. 주로 청년들을 만나는 내가 경청하고 실천해야 하는 말씀이시다. 강의 시간에 가르치는 전문지식 때문에 사람이 변화되는 걸 본 적은 없어도 사랑에서 우러나오는 격려 한 마디가 가슴에 남아 그 사람을 바꾸는 경우는 종종 경험하지 않았던가. 내가 서있는 자리에서 '주님은 사랑이시다'를 증거하는 삶이 어떻게 가능할지 묻고 또 묻는 가운데 평화의 인사를 나누는 시간이 되었다. 눈물 콧물 범벅이 된 우리 일행은 서로를 끌어안으며 상대에게 내 평화가 아니라 예수님의 평화를 빌어주며 감동적인 일치를 맛보았다.

미사가 끝난 후 오래 쉬던 교우들까지 앞 다투어 고백성사를 받았다. 그 시간 다른 사람들은 라 베르나의 신비한 기운을 만끽하는 선물을 받았다. 천 미터가 넘는 산꼭대기나 눈이 아찔한 천 길 낭떠러지에서 느껴지는 이 신성함이 웬일로 낯설지가 않다. 아하, 그렇구나! 한 이 년 동안 고승대덕이 수도하던 암자를 찾아가는 여행에 동참했는데 그 형형한 기운이 비슷하다. 높은 낭떠러지 위에 있는 좁고 검박한 수도처, 기암절벽, 고행을 두려워하지 않는 투철한 결단과 무서울 만큼 강건한 구도정신, 절박한 기도와 걸림 없는 실천. 동서양을 막론하고 성인들은 한 치 흔들림 없는 철저한 수행으로 몸과 마음을 닦아 나갔음을 깨닫는다.

온천 휴양지 반뇨 디 로마냐로 오며 생각해보니 오늘 하루가 참으로 신묘하다. '돌발변수를 사랑하라'고 하신 신부님 말씀이 마치 라 베르나에서 봉헌할 거룩한 미사를 미리 예견하신 듯하다. 우연한 것처럼 보이는 돌발변수가 이어져 벅찬 감동을 주는 미사를 만들어냈으니 이 어찌 하느님의 뜻이 아니라고 할 수 있으랴.

2011. 7. 24. 일

반뇨 디 로마냐 본당

아침 일찍 걸어서 호텔 근처에 있는 시골 본당을 찾아갔다. 시골 소읍이건 대도시건 성당을 중심으로 마을이 형성되어 있는 건 똑같다. 삶의 중심에 신앙이 있음을 보여주는 공간 배치이다. 소읍에 있는 작은 성당이건만 871년에 세워졌다 하니 1200년 동안 같은 자리에 묵묵히 서서 일어난 모든 일을 낱낱이 지켜 보았으리라. 그 세월 동안 사람들은 그곳에 모여 감사하고 기도하며 응답받았으리라. 자신이 사는 터전의 중심에 그런 성당이 자리한다면 그 인생은 얼마나 든든할까. 마침 종이 울린다. 청량하고 삽상한 종소리. 이탈리아 사람들은 고향을 생각할 때 가장 먼저 성당 종소리를 떠올린다는데 과연 그러하겠다 싶어 머리가 끄덕여진다.

오늘 독서는 옳은 것을 가려내는 분별력을 청한 솔로몬의 이야기와 모든 것이 함께 작용하여 선을 이룬다는 바오로 사도의 말씀이고 복음으로 하늘나라는 밭에 숨겨진 보물과 같다는 비유이다. 신부님은 하느님의 현존을 청하라고 당부하셨다. 보물이 보물인 줄 모르고 있으니 눈이 있은들 무에랴. 내 눈에 보이는 만큼, 내 귀에 들리는 만큼 판단하며 살아가고 있는데 그 눈은 뚝눈이고 그 귀는 팔랑귀인 것을. 보물을 보물로 볼 수 있는 눈을 주소서.

여름이 건기라는데 비가 억수로 쏟아졌다. 그 비를 뚫고 버스는 피렌체로 향했다. 가는 도중 인치사 아울렛매장에 잠시 들렀다. 보물을 보물로 볼 수 있는 눈이 있는 사람은 그 매장에서 귀한 것을 건졌지만 아직 내 기도는 하늘에 닿지 않은 모양이다.

피렌체에 도착하자 비가 그쳤다. 미켈란젤로 언덕에 올라가 빨간 지붕이 인상적인 피렌체를 내려다 보았다. 자연스레 17년 전 아이들과 함께 이곳에 서 있던 때가 떠올랐다. 사람의 일생으로 보면 긴 시간이건만 피렌체는 변한 게 없다. 천천히 걸었다. 아르노 강 베키오 다리를 건너 베키오 궁전과 그 앞마당 시뇨리아 광장에 섰다. 인산인해다. 베키오 궁전 앞에는 미켈란젤로의 다비드상이 서있고 우피치 미술관 야외 화랑에는 메두사 머리를 치켜든 페르세우스 조각상, 사비나의 약탈을 재현한 조각상 등 조각품이 늘어서 있다. 다비드는 거인 골리앗을 새총으로 쏘아죽인 용감하고 지혜로운 소년인데 탄탄한 몸이 그야말로 S자를 그리고 있다.

형님을 놓치지 않기 위해 손을 꼭 잡고 다녔다. 흰색과 분홍색과 녹색의 대리석이 절묘한 조화를 이루는 우아한 두오모 성당과 기베르티가 평생에 걸쳐 조각한 천국의 문이 있는 산 조반니 세례당 성당, 지오토 종탑이 위용을 자랑한다. 피렌체를 배경으로 만든 영화 <냉정과 열정 사이>의 장면들이 떠오른다.

저녁에는 피렌체에서 특히 유명한 소고기 스테이크를 맛보기로 했다. 신부님이 점 찍어둔 맛집에 가서 스테이크와 피자로 저녁을 먹었다. 향긋한 포도주도 한 잔 곁들였다. 오늘밤 가이드는 신부님이시다. 허리가 아파 순례 전 입원까지 하셨다는데…성당 전면 왼쪽에 단테의 상이 있고 유명인들의 무덤이 있는 산타 크로체 성당, 메디치 가문의 전용 성당인 산 로렌조 성당, 작은 오벨리스크와 분수가 있는 산타 마리아 노벨라 성당 등등 숙소 쪽으로 갈

듯 갈 듯 하면서 끝도 없이 이어지는 성당 순례. 드디어 다시 시뇨리아 광장으로 오니 우피치 미술관 야외회랑에서 교향악단이 음악을 연주하고 있다. 광장 바닥에 벌렁 누우니 햇빛에 달구어진 돌이 뜨끈뜨끈해 찜질방 같다. 피렌체에서 이런 날씨를 만나다니 우린 참 복도 많다.

2011. 7. 25. 월
시에나 대성당

오늘은 형님의 생일이다. 일행에게 이야기하자고 했더니 형님은 객쩍다고 우리끼리 저녁에 포도주나 한 잔 하잔다. 아침을 먹으면서 우리만의 비밀 의식을 치르듯 커피로 축배를 들었다.

시에나로 가는 길에 보너스로 산 지미냐노에 들르기로 했다. 12세기의 도시 모습을 그대로 간직하고 있는 산 지미냐노는 당대의 탑(또래)을 그대로 보존하고 있어 <프란체스코> 영화를 찍을 때 아씨시 대신 선택되었던 곳이라 한다. 북유럽에서 로마로 가는 순례길에 위치한 이 작은 도시에서는 시간마저 흐름을 멈춘 듯하다. 고적한 골목길을 한가롭게 걸으며 이탈리아 사람들의 정신적 고향인 토스카나 지방의 정취를 맛보았다.

시에나는 카타리나 성녀의 고향이다. 성녀의 무덤이 있는 대성당에서 미사를 봉헌했다. 시에나 대성당은 이탈리아 고딕 건축의 자부심으로 알려져 있다. 밀라노 두오모 성당이 규모가 크고 성당 외부의 고딕 첨탑이 화려하다면 시에나 대성당은 성당 건축에 참여한 예술가들의 명성과 소장품의 수준이 손꼽히는 곳이다.

성당 안에 들어서자 흰색과 초록색의 띠가 조화로운 거대한 기둥 숲이 사람을 압도한다. 기둥 위에는 172명의 역대 교황들과 36명의 황제가 조각으로 서 있고 성당 바닥에도 돌상감 모자이크가 있다. 카타리나 성녀가 오상을 받은 생가도 돌아보았다.

오늘 독서는 내 차례였다. 독서를 하면서 소리의 울림이 아름다워 내 목소리인가 나 스스로도 놀라웠다. 독서와 말씀이 뒷자리까지 잘 들리도록 소리의 울림에 최대한 신경 쓴 덕분이리라. "보물을 질그릇 속에 지니고 있습니다"란 구절을 읽으며 질그릇 자체에는 아무 의미가 없건만 질그릇에만 신경 쓰는 내 모습이 떠올라 얼굴이 홧홧해졌다.

복음말씀은 "높은 사람이 되려는 이는 섬기는 사람이 되어야 한다"이다. 요즘 리더십이 유행하다 보니 벼라별 수식어가 붙은 리더십이 다 나오는데 그 중에 섬김의 리더십도 있다. 성경의 이 부분에서 착안했으리라. 그러니 진정한 섬김을 실천하려면 예수님을 모델로 삼아야 한다.

신부님은 "사랑은 규정을 뛰어 넘는다"는 말씀을 하셨다. 규정도 원칙도 다 사랑을 생활화하기 위한 방편으로 만들고 세운 것,

그 규정이 사랑에 방해가 된다면 과감히 뛰어넘어야 하는 것이다. 마음을 모두 열어놓고 사랑하는 것, 그 마음이 생활화되어 자연스럽게 하나하나의 움직임에 배어나는 것, 그렇게 해야 진정으로 사랑하는 것이고 그런 사랑이어야만 사랑하는 사람도 사랑받는 사람도 자유롭게 할 것이다. 또 신부님은 '하느님은 다 아신다며 하느님만이 아는 비밀을 갖는 것이 신앙'이라고 말씀하셨다. 내가 누구를 사랑하고 누구를 미워했는지, 내가 어떤 상황에서 어떤 봉헌을 하였는지 그 분은 다 아신다.

너무 힘든 일이 한꺼번에 몰아닥치자 사람에게는 말할 수도 없었다. 상황을 듣기만 해도 버거울 텐데 내 복잡한 심회를 털어놓을 수가 없었다. 그런 어느 날 말문이 터졌다. 이럴 수가 있느냐고, 내가 뭘 잘못했느냐고 고래고래 소리 지르며 하느님에게 따졌다. 울음 섞인 분노로 시작했는데 차츰 노기가 잦아들더니 감미로운 은총에 접속된 듯 느긋해져 나중에는 감사합니다, 감사합니다를 되풀이했다. 사람은 약한 존재, 누군가 알아주리라 기대하지 않고 베푼 선행도 진짜 아무도 모르면 슬그머니 서운한 마음이 들기 마련이다. 하지만 하느님이 보고 계시다고 생각하면 마음이 든든해진다.

오늘은 보너스를 겹으로 받는 날인 모양이다. 아침에도 일정에 없던 산 지미냐노엘 들렀는데 오후에도 오르비에또에 들른단다. 아, 사랑할 수밖에 없는 돌발변수!

오르비에또는 해발 200미터의 바위산에 자리잡은 중세도시로 푸니쿨라를 타고 올라가야 한다. 푸니쿨라에서 내리자 오르비에또 두오모 성당이 반긴다. 대성당 전면의 모자이크가 화려하면서도 기품이 느껴진다. 이 지방이 고향이고 성당 보수 공사에도 참여했다는 기사 주세뻬 아저씨는 피렌체 두오모보다 오르비에또 두오모가 더 아름답다고 말한다. 호들갑스러운 사람이라면 믿어지지 않을 텐데 과묵한 사람이 한 마디 툭, 던지자 정말 그렇게 여겨진다.

프라하의 베드로 사제가 미사를 집전하면서 성체를 축성할 때마다 의심이 들었단다. 그래서 1263년부터 1264년까지 로마로 성지순례를 왔다가 돌아가는 길에 오르비에또 근방의 볼세냐 산타 크리스티나 성당에서 미사를 집전하는데 또 의심이 들더란다. 그때 성체에서 피가 흘러 그의 손과 제대포, 제대를 적셨다. 오르비에또 교황청에 계신 교황 우르바노 4세에게 보고하자 보나벤뚜라 성인과 토마스 아퀴나스 성인이 이 기적을 확인하셨다. 토마스 성인은 이때 <성체 앞에서 드리는 기도>를 남기셨고 이 기적의 성체와 제대포를 보호하기 위해 1290년부터 300년 동안 건축한 성당이 오르비에또 두오모 성당이고, 이 기적을 기념하기 위해 '그리스도의 성체성혈대축일'을 지내게 되었다.

기적의 성체 앞에서 기도 드린다. 성체와 성혈 의식을 거행할 때마다 딱히 의심하지도 않았지만 바로 그 자리에서 신앙의 신비가 작동한다고 여기지도 않았다. 그저 상징으로 이해했다는 것이 바른 표현일 것이다. 하지만 피에 젖은 제대포를 보자 눈앞에 보이는 것만 믿는 인간의 속성을 가엾게 여기신 주님의 따사로움이 느껴진다.

성당에 들어섰을 때부터 소녀합창단이 노래를 부르고 있었는데 귀에 익은 <끼리에>가 들려온다. 눈을 떠보니 교우들도 성당의 다른 곳을 둘러보러 일어섰는지 거개가 자리에 없다. 하지만 신부님은 여전히 장궤를 한 채 기도중이시다. 잠시 망설이다 그냥 일어서서 합창단이 노래하는 중앙 제대 쪽으로 갔다. 영국에서 온 합창단이었다. 형님은 홀린 듯 합창을 듣고 있다. 저 소녀들이 생일인 걸 알고 영국에서부터 와서 축하공연을 한다고 너스레를 떨었더니 형님이 환하게 웃는다.

자유시간을 주자 비가 억수로 퍼붓는다. 이번 순례여행에서 특기할 일 중의 하나이다. 다른 때는 내내 좋은 날씨이다가도 쇼핑 시간만 주면 절묘하게 비가 내린다. 지름신이 오는 걸 방해하시는 모양이다. 주님은 우리를 이렇게까지나 사랑하신다.

오르비에또는 '오르비에또'라는 이름의 백포도주가 유명한 곳이면서 슬로시티 운동이 시작된 곳이고 국제 슬로시티 본부가 있는 곳이다. 예쁜 수공예품 가게가 늘어서 있는 좁은 골목길을 천천히 걸었다. 손으로 만든 다양한 물건들은 저마다 자태를 뽐내고 비 맞은 꽃과 나무들은 더욱 함초롬하다. 고샅을 돌고나자 나까지 말갛게 씻긴 듯하다.

기안치아노에서 묵기로 했다. 숙소까지 가는 버스 안에서 신부님이 섭섭해 하셨다. 기적의 성체 앞에서 기도를 하고 눈을 떠보니 남아 있는 신자가 하나도 없더라면서 기도는 5분 하고 쇼핑은 열 배가 넘게 하는 게 순례냐고 일갈하셨다. 다들 뜨끔해서 열적어하자 미워하고 화내는 것이 나쁜 거냐고 물으셨다. 다들 묵묵히 앉아 있자 희로애락애오욕의 모든 감정도 다 주님이 주신 선물이라고 이르셨다. 그 감정 자체가 나쁜 게 아니라 그 감정에 붙들려서 참 기쁨으로 나아가지 못하는 게 잘못이라면서 하느님의 선물을 충분히 누리는 풍성한 생활을 하자고 우릴 달래셨다.

식당에서 옆자리에 앉은 이탈리아 사람이 우리 일행에게 자꾸 말을 걸었다. 신부님이 이야기를 나누어보시더니 이 분들은 교회 일치운동을 이끄시는 분들인데 오늘도 여기서 한 이백 명 되는 사람들이 모여 연수중이고, 마침 83세 생일을 맞은 노신부님을 축하하는 중이라고 하신다. 이탈리아 노신부님을 축하하기 위해 축배를 들게 되자 참 이상한 일이라며 형님도 생일임을 고백하여 함께 축하를 받았다. 바실리오 형제와 아녜스 자매가 축가를 불러 화기애애하게 즉석 생일축하연을 가졌다. 형님은 오늘 내내 일어난 모든 일이 생애 최고의 생일 선물이라며 흐뭇해했다.

2011. 7. 26. 화

아씨시 성 프란체스코 대성당

이탈리아 와인의 중심지인 몬테풀치아노에 들렀다 아씨시로 갔다. 아씨시는 프란체스코 성인 덕분에 귀에 익숙한 도시이다. 부유한 상인의 아들로 태어나 방탕하게 지내고 기사가 될 꿈을 안고 전투에 참여했다가 패전해 돌아오는 길에 성 다미아노 십자가 밑에서 "내 교회를 보수하라"는 말씀을 들었다. 그래서 이제까지의 생활을 청산하고 자발적으로 가난한 삶을 선택한 프란체스코는 부를 축적하고 권력을 굳히는 데 여념이 없던 교회를 세상에 사랑을 나누어주는 교회로 바꾸는 데 혼신의 힘을 다했다. 작고 허름한 뽀르지운꿀라 성당에서 시작한 수도회, 작은형제회는 청빈한 삶을 살면서 가난한 사람들과 함께 하였다. 그리스도교 전통에서 예수 그리스도를 가장 많이 닮은 성자로 칭송받고 있는 그는 그리스도인들뿐 아니라 비그리스도인들에게도 사랑과 존경을 받는 성자이다.

아씨시에 들어서면 가장 먼저 보이는 천사들의 성모 마리아 대성당과 대성당 안에 있는 원래의 작은 성당 뽀르지운꿀라를 둘러보았다. 성당 안 장미밭에서 자라는 장미엔 가시가 없다. 성인이 강한 유혹을 이기기 위해 장미가시덤불에 몸을 던지자 이를 긍휼히 여긴 성모님 덕분에 그 화원의 장미엔 가시가 돋아나지 않는다고 한다. 이곳 장미를 다른 곳에 심으면 가시가 돋아난다니 참으로 신비한 일이다.

밖으로 나와 가까이에 있는 성 글라라 성당에 들렀다. 글라라는 프란체스코의 설교에 감동하여 수도생활을 결심하고 실행에 옮긴 성인이다. 최초의 프란체스코 여자 사도가 된 글라라는 성 프란체스코의 뜻이 담긴 글라라회를 만들어 청빈한 삶을 살면서, 논란을 일으킬 정도로 엄격한 수도생활을 하였다. 교회 지하에 글라라 성녀의 무덤과 유품이 있다.

성 프란체스코 대성당은 언덕 위에 있다. 프란체스코를 기리어 세워진 성당으로 작은형제회 최초의 성당이다. 담홍색을 띤 아씨시의 돌로 지어진 성당은 검박하다. 비탈이 많은 지형을 살려 상하 두 쌍으로 지어진 성당 지하에 치마부에가 그린 성 프란체스코가 있다. 오늘날 우리가 알고 있는 성인의 모습은 바로 이 그림에서 연유한다고 한다. 성당 1층 벽은 지오토가 28개로 나누어 그린 성인의 일대기로 꽉 찼다. 지오토는 서양 미술사에서 지오토 이전과 이후로 나눌 만큼 유명한 화가이다. 네 번째 그림인 <성 프란체스코와 성 다미아노 성당의 십자가>와 열 다섯 번째 그림인 <새들에게 한 설교>가 가장 인상적이다.

성인 무덤이 있는 지하 경당에서 미사를 봉헌했다. 복음 말씀은 '좋은 씨는 하늘 나라의 자녀들이고 가라지들은 악한 자의 자녀들'이었다. 나는 어떤 씨앗인가? 그 날이 올 때까지 가라지들도 그냥 둔다고 하셨으니 뽑혀지지 않는다고 좋은 씨라고 볼 수는 없다. 신부님은 오늘이 요아킴과 안나 축일이라면서 '자녀는 부모의 희생 위에 있다'는 말씀을 하셨다. 신부가 된 경위와 관련된 개인적인 일화를 이야기하시면서 내가 쌓은 공이 자녀에게 간다는 걸 명심하라고 당부하셨다. 생전에 엄마가 늘 하셨던 말씀이다. "네가 세상에 지은 복은 반드시 네게 돌아온다. 혹 돌아오지 못한 복이 있다면 그건 네 자식들에게 갈 것이다. 그러니 자식들을 생각해서라도 복을 많이 지어라." 내가 이 생에서 복을 받고 있다면 내가 복을 지어서라기보다 엄마가 생전에 지어 놓으신 복일 거다.

영성체 시간에 뒤에서 노랫소리가 흘러 나왔다.

주님, 저를 당신의 도구로 써 주소서.
미움이 있는 곳에 사랑을
다툼이 있는 곳에 용서를
분열이 있는 곳에 일치를
의혹이 있는 곳에 신앙을
그릇 됨이 있는 곳에 진리를
절망이 있는 곳에 희망을
어두움에 빛을
슬픔이 있는 곳에 기쁨을
가져오는 이 되게 하소서.

위로받기보다는 위로하고

이해받기보다는 이해하며

사랑받기보다는 사랑하게 하여 주소서.

저희는 줌으로써 받고

용서함으로써 용서받으며

자기를 버리고 죽음으로써

영생을 얻기 때문입니다.

　내가 좋아하는 평화의 기도. 영세 받은 지 얼마 되지 않았을
때 미사 시간에 성가대가 부르는 평화의 기도를 들었다. 아, 나도
저런 기도를 드릴 수 있다면… 하고 부러워하다가 나도 저렇게
기도해야겠구나 배웠던 바로 그 성가이다. 그런데 바로 그 기도문
을 쓰신 분의 무덤 앞에서 미사를 드리며 이탈리아에서 성악을
전공하는, 로마의 성 베드로 성당 성가대에서 노래하는 모니카의
노래로 듣다니, 감개무량하다.

　프란체스코 평전을 쓴 체스터튼에 따르면 프란체스코의 특징은
'교황에서부터 거지에 이르기까지, 자기 궁전에 좌정하고 있는 시
리아의 술탄에서부터 숲에서 기어 나온 누더기 강도에 이르기까
지, 그의 불타는 듯한 갈색 눈을 들여다보기만 하면 그가 정말로
세상에서 자기에게만 관심을 가지고 있구나 하는 확신을 갖지 않
을 수 없게 만드는 힘'이다. 계급사회였던 중세 시대에 사람들을

내 편 네 편으로 가르거나 가치 있다, 없다 차별하지 않고 '보통 사람들을 모두 왕처럼' 대한 프란체스코. 그 일이 얼마나 어렵던 가. 다른 사람은 그만두고 부모마저도 자식을 편애하여 자식의 가슴에 상처를 남기기 일쑤이거늘.

숙소가 성 프란체스코 대성당 바로 앞에 있어 참 좋다. 저녁을 먹고 밤 산책을 나섰다. 성당 마당에는 캠프를 온 소년소녀들이 왁자하게 행사를 진행하고 있다. 웃고 떠들면서도 진지한 청소년들을 보자 시몬 신부님의 젊은 시절이 떠오른다. 장난기 가득하고 반성문 쓰는 데 선수였고, 원색의 셔츠도 다 소화해 내는 멋쟁이 김홍식 시몬을 신부가 되도록 인도하신 분께 감사기도를 드린다. 원칙을 만든 애초의 의도는 잃어버린 채 원칙 자체에 얽매여 유치원생 같은 믿음을 강요하는 고루한 사제가 많은 이 땅에 영혼이 자유로운 사제도 필요함을 아신 게 틀림없다.

2011. 7. 27. 수
산 조반니 로똔도 대성당

오늘은 아뻬니노 산맥을 넘어 남으로 남으로 내려간다. 유도화 천지다. 어제 신부님 말씀으로 촉발된 엄마 생각이 더욱 간절해진다. 잎은 버들잎 같고 꽃은 복사꽃 같은 유도화는 엄마가 좋아해서 어릴 때 집엔 늘 유도화 화분이 있었다. 제주도에 갔을 때 가로수로 심겨진 큰 유도화를 보고 이렇게 크게 자라는 나무라는 걸 알고 놀랐는데 이탈리아에는 한국에서 늘 보았던 분홍색 꽃뿐만 아니라 흰색, 빨간색이 풍성하게 피어 있다. 깃털 같은 꽃이 피는 자귀나무도 분홍꽃을 잔뜩 매단 채 향기를 날린다.

여러 시간을 달린 끝에 란치아노에 있는 성체 기적 성당에 도착했다. 1290년 프란체스코회 어느 사제가 성체 안에 계신 주님이신 예수 그리스도의 현존에 의심을 품게 되어 이 의심에서 벗어나게 해달라고 기도 드렸단다. 그 뒤 신자들과 미사를 드리던 중 성체와 포도주를 축성하는데 성체는 살로, 포도주는 피로 변하는 기적이 일어났다. 이 귀중한 사건에 대해 여러 번 조사를 하였고 마지막으로 1970년 현대과학장비를 통해 연구한 결과 성체와 성혈은 사람의 진짜 살과 피로 살은 심장 근육질인 심근이고, 혈액형은 AB형으로 예수님의 거룩한 수의에서 나온 혈액형과 동일하며, 이 살과 피는 지난 700년 동안 어떤 화학적인 변화를 일으키지 않은 채 신선한 상태로 보관되어 왔다고 보고되었다.

기적과 신비에 대해 이런 저런 이야기를 나누며 점심을 먹고 이탈리아에서 가장 뜨거운 성지인 산 조반니 로똔도를 향했다. 산 조반니 로똔도는 비오 성인의 고장이다. 비오 성인은 1968년에 돌아가셨으니 우리와 같은 세기를 사셨고, 2002년에 성인 품에 오르셨다. 1918년 9월 20일 오상을 받고 50년 동안이나 그리스도의 오상을 몸에 지니고서도 하루 열 시간씩 고해소에서 사셨다고 한다. 그래서 고백성사의 신부님이라는 별명도 가지고 있다.

성당으로 올라가는 길 양쪽에 서 있는 사이프러스 나무가 장관이다. 비오 신부님의 무덤이 있는 새 성당에 들어섰다 어찌나 화려한지 깜짝 놀랐다. 새 성당은 최근에 완성되었다고 하는데 성당 전체가 휘황찬란했다. 유물관을 들러 오상을 받으신 십자가가 있는 옛성당에서 미사를 봉헌했다. 복음말씀은 지난 주일 미사 때와 같다. 복음 말씀이 같은 경우는 많지 않은데 순례 기간 중에 '하늘나라는 밭에 숨겨진 보물과 같다. 자기가 가진 모든 것을 팔아 그 밭을 산다'는 말씀이 두 번 연거푸 선포되다니 특별히 우리에게 거듭 들려주시려는 뜻이 담겨 있는 게 틀림없다.

신부님은 화해에 대해 말씀하셨다. 순례가 힘든 여정이라 미운 사람이 쉽게 눈에 띄기 마련이라며 주님 앞에 내가 보인 얄미운 짓에 대해 화해를 청하며 내 눈에 미운 사람과도 화해하라고 이르셨다. 하긴 고백성사 자체가 자신과 화해하고 하느님과 화해하는 일 아니던가? 비오 신부님은 사람들을 적극적으로 회개시키고 화해시키기 위해 열 시간이 넘게 성사를 주시고 전 세계 사람들이 보내오는 편지에 일일이 답장하셨다 한다. 사실 고백소를 찾아가는 일은 어렵다. 내 죄를 내가 떠올리거나 반성하는 일은 그래도 쉬운데 신부님 앞에 가서 말로 일일이 고백하는 것은 정말 쉽지 않은 일이다. 오죽하면 한때 나는 개신교에서 고백성사를 없앤 것은 나처럼 생각하는 사람이 많아서일 거라고 생각했었다.

공통분모보다 차이점이 많은 사람들을 데리고 순례를 하다 보니 신부님이 힘드시겠다는 생각이 들었다. 강의를 할 때도 학생들 실력이 엇비슷하면 강의하기가 수월하고 효과도 좋지만 실력도 천차만별인데다 관심사도 다른 사람들 앞에서 강의하려면 얼마나 힘이 들던가. 신부님도 그러시겠다는 생각을 오늘에서야 하다니 내가 둔하거나 신부님이 능란하신 분이거나 둘 중의 하나이겠다. 그러고 보니 원래의 일정과 조금씩 달라지는 일정을 두고 혹은 일의 진행방식을 두고 수런거리는 소리를 들은 것도 같다. 또 소그룹 간의 경계가 조금도 허물어지지 않은 채 그대로 유지되고 있는 것도 느껴졌다. 신부님 말씀에 따라 묵상하다보니 형님을 챙긴다는 미명 아래 다른 사람들과 더 가까워지지 못한 내 모습이 보인다. 내가 만난 모든 사람이 보물이거늘 새로운 보물을 모두 놓치고 있었나보다.

신부님 생신이라 케이크를 나누어 먹었다. 신부님이 일행 모두에게 비오 신부님과 성모님, 아기 예수님이 있는 패를 선물하시며 순례지이니만큼 여흥을 자제하고 기도하며 거룩하게 보내자고 제안하셨다. 이곳에선 저녁마다 새 성당에 모여서 함께 묵주기도를 바친다고 해 찾아가 보았다. 마을사람들만이 아니라 순례객들이 합세했다고 해도 예상 못한 숫자였다. 그렇게 많은 사람들이 매일 밤마다 모여서 묵주기도를 하다니 그 신앙의 힘이 참 대단하다.

아무 것도 없는 황무지 작은 마을이 비오 신부님 덕에 성지로 변해 일 년 내내 순례객들이 끊이지 않고, 순례객들의 봉헌금으로 마을 언덕에 지은 현대식 병원 <고통의 위로>는 환자를 모두 무료로 치료해준다고 한다. 한 사람이 일으킬 수 있는 변화가 이렇게 크니 내가 만나는 한 사람 한 사람은 다 얼마나 소중한 존재인가.

2011. 7. 28. 목

아말피 안드레아 대성당

오늘은 아말피 해안에 가는 날이다. 이번 순례에서 가장 야심찬 풍광이라고 해 기대하던 날이다. 아침에 버스에서 신부님이 두 번째 선물로 몬테 산탄젤로엘 들러서 가겠다고 말씀하셨다. 어지럼증이 날 정도로 산굽이를 돌고 돌아 간 곳에 있었다. 미카엘 대천사가 세 번이나 나타난 동굴을 그대로 살려 성당을 지었다. 몬테 산탄젤로 동굴 성당에서는 평일 8시 미사를 드리는 중이었다. 흔히 유럽에 가면 성당만 덩그러니 있고 신자가 없다고 하거나 그들은 평생에 세 번, 태어났을 때, 혼례 올릴 때, 죽어서 성당에 간다고 말하지만 현지에 와보니 모두 빈 말이다. 여름휴가의 절정에 여행객이라고는 찾아보기 힘든 이곳의 평일 미사에 참례한 사람은 우리 성당 평일 미사 참석자보다 많았다.

폼페이로 가는 길에 신부님이 오늘은 바다를 보는 날이니 마음 안에 큰 바다를 들이자고 말씀하셨다. 큰 바다는 버리는 게 없다! 받아들여야 바다가 된다. 청탁을 가리지 않고 호오를 가리고 않고 미추를 가리지 않으며 받아들인 물을 차별하지 않는다. 바다, 오늘 우리는 바다로 간다.

폼페이 산타마리아 로사리오 성당은 묵주기도가 시작된 곳이라 한다. 성당에 들어가니 1980년 시복된 바르똘로 론고 변호사의 시복 30주년 기념 전시회가 열리고 있었다. 묵주기도는 가톨릭신자에게 가장 익숙한 기도이지만 개신교 신자들에게 마리아교라고 오인 받는 기도이기도 하다. 하지만 오인은 오해에서 비롯된다. 성모님께서 우리의 청원을 예수님에게 전구해주실 것을 청하는 것이지 성모님을 신앙의 대상으로 삼는 것이 아니기 때문이다. 묵주기도는 복음 전체의 요약으로 그리스도 생애의 중요한 사건을 묵상할 수 있는 탁월한 수단이자 평화와 가정을 위한 강력한 기도이다. 실의와 좌절에 빠져 아무 것도 할 수 없을 때 묵주기도를 드려본 사람은 알리라. 난 구원의 기도를 듣고 묵주기도에 끌렸다. "예수님 우리 죄를 용서하시며 우리를 지옥불에서 구하시고, 연옥영혼을 돌보시며 가장 버림받은 영혼을 돌보소서." 전 세계의 수많은 신자들이 자기 죄를 용서해 달라는 청원만 하는 것이 아니라 가장 버림받은 영혼을 돌보아 달라는 청원을 하고 있으니 내가 가장 버림받은 처지에 놓이게 되어도 다른 사람 기도 덕에 예수님께 돌봄을 받을 거라는 믿음이 생긴 것이다.

폼페이 유적지는 보지 못하고 급히 떠나 쏘렌토 숙소에서 짐을 풀었다. 다시 작은 버스로 갈아타고 아말피 해안으로 향했다. 북쪽에 산이 있고 남쪽으로 살레르노 만을 마주하는 세계적인 경승지인 아말피 해안으로 가는 길은 좁아서 큰 버스는 다니지 못한다. 사실 이제까지 다닌 길도 좁아서 쥬세뻬 아저씨 운전솜씨에 놀랐는데 이 해안도로는 더 좁다.

레몬이 나무에 주렁주렁 매달려 있는 모습도 처음 본다. 바닷가로 나가니 그 유명한 베수비오 화산이 보인다. 끝도 없이 이어지는 해안절벽과 까마득한 절벽 위에 지어진 집들, 그리고 푸른 바다. 아, 날씨가 화창했으면 바다색이 훨씬 더 푸를 텐데 하늘이 흐리다. 2% 부족하지만 날씨를 두고 탓할 수는 없다. 이 여행에서 가장 크게 도움 받은 것이 날씨이기 때문이다. 해안절벽이라도 약간의 땅만 있으면 올리브 나무가 서 있다. 정말 이탈리아가 올리브의 나라라는 것을 날마다 확인한다. 사람 발길이 닿을 수 없는 곳엔 야생화들이 피어있는데 어느 절벽은 내 부엌 창 앞에서 날마다 나팔을 불어대는 보라색 나팔꽃이 뒤덮고 있기도 하다. 기온만 맞으면 어디에서나 필 수 있는 꽃이건만 마치 날 위해 피어난 듯 여겨진다.

아말피에 도착해 안드레아 대성당으로 들어갔다. 성당은 랑고바르드 노르만 양식이다. 안에 들어서자 5,000개의 대리석을 이어 맞춘 상감기법의 모자이크가 눈을 휘둥그레하게 만든다. 복음은 "하늘나라는 바다에 던져 온갖 종류의 고기를 모아들인 그물과 같다. 그물이 가득 차자 사람들이 그것을 물가로 끌어올려 놓고 앉아서, 좋은 것들은 그릇에 담고 나쁜 것들은 밖으로 던져 버렸다."는 말씀이다. 우리가 밭에 있을 땐 하늘나라를 밭에 숨겨진 보물로 비유하는 말씀이 선포되고 바닷가에 오니 바닷고기를 모아들인 그물과 같다는 말씀이 선포된다. 우리가 어디로 갈지 미리 맞추어 놓으신 게 틀림없다.

신부님은 예견될 수 있는 하느님의 뜻이 있고, 예견할 수 없는 하느님의 뜻이 있다면서 사람이 예견할 수 없었던 뜻도 하느님의 뜻으로 받아들여야 한다고 말씀하신다. 그리고 삶을 너무 진지하게만 생각하지 말고 놀이하듯, 웃으면서 재미있게 대하자며 '사랑의 놀이'란 용어를 쓰신다. 아이들은 손바닥으로 얼굴을 가리는 아주 단순한 놀이에도 온몸을 흔들며 웃어대고 좋아한다. 얼굴을 가려 엄마가 안 보이면 두려워 하지만 바로 얼굴을 보이면서 "까꿍" 하고 소리를 지르면 어쩔 줄 모르며 좋아한다. 예견할 수 없는 하느님의 뜻을 사랑의 놀이로 받아들이라는 말씀이 가슴에 박혔다. 그래, 나를 포함해 한국 사람은 너무 진지하고 너무 엄숙하고, 너무 경직된 채 사소한 일에 목숨 거는 경향이 있다. 즐겁게, 웃으면서, 기쁘게 살아야 그 분이 보시기에 좋을 것이다. 사랑하는 사람끼리 별 거 아닌 일에도 시시덕거리며 서로 희희낙락하는 게 우리가 가장 바라는 삶 아니겠는가.

말로만 하는 감사는 진정한 감사가 아니고 나눔으로 열매 맺어야 의미가 있다고, 내가 넉넉하게 가진 것을 나눈다고 생각하지만 사실은 나를, 내 존재를 나누어야 한다면서 한 사람이 누군가의 이정표가 된다면 얼마나 의미 있는 삶이겠느냐는 간절한 호소가 가슴 깊이 사무친다.

돌아오는 길에 소렌토의 석양을 목격했다. 내내 아름다운 <돌아오라 쏘렌토로>를 흥얼거렸다.

> 아름다운 저 바다와 그리운 그 빛난 햇빛
> 내 맘속에 잠시라도 떠날 때가 없도다.
> 향기로운 꽃 만발한 아름다운 동산에서
> 내게 준 그 귀한 언약, 어이하여 잊을까
> 멀리 떠나간 그대를 나는 홀로 사모하여
> 잊지 못할 이곳에서 기다리고 있노라.
> 돌아오라 이곳을 잊지 말고
> 돌아오라 쏘렌토로 돌아오라

돌아오라는 마지막 가사가 절절하다. 아름답고 그리운 고향에서 내가 돌아올 날을 기다리는 사람에게 마음이 미치자 울컥 그리움이 솟는다.

2011. 7. 29. 금

몬테카시노 대성당

오늘은 뽀지타노에서 배를 타고 카프리 섬에 들렀다 몬테카시노로 올라가 로마까지 가는 일정이다. 카프리 섬까지는 배로 20분 거리이다. 한국 사람들이 꽤 오는지 자로 대고 그린 표가 확 나는 글씨체로 '레몬아이스'를 써붙인 포장마차도 있다. 어제 사파이어 빛 바다를 보여주지 못한 게 안쓰러웠는지 오늘은 해가 반짝 났다. 카프리 마리나 그란데 항에 도착해 정상에 올라가는 체어 리프트를 타기 위해 미니 버스를 탔다. 여긴 아말피 해안길보다 더 좁아 가슴이 철렁할 정도로 곡예운전이다.

로마 최초의 황제 아우구스투스는 카프리의 아름다움에 반해 네 배나 큰 인근 이스키아 섬과 맞바꾸어 사유지로 삼았고 그의 후계자 티베리우스 황제는 말년에 십 년이나 카프리에 들어와 살며 제국을 통치했다고 한다. 체어 리프트에서 내려다 본 전망이 기가 막혔다. 움베르토 1세 광장에 내려 남쪽으로 가니 벨베레레트라가라 전망대가 있다. 까마득히 내려다보이는 바다 위로 솟은 세 바위 섬(파라글리오니)을 오륙도라 부르며 사진 찍기에 바빴다. 티베리오 산꼭대기에 황제의 별장 빌라 요비스가 있었다. 거기에서 커피와 아이스크림을 먹으며 황제의 옛 영화를 상상하는 한가한 시간을 보냈다.

점심을 먹고 잠시 카프리 바다에 발을 담근 뒤 나폴리로 들어왔다. 흔히 통영을 한국의 나폴리라고 불러 통영 지자체 공무원들이 나폴리로 연수를 왔다가 다들 고개를 내저었단다. 어디 통영을 나폴리에다 대느냐고. 그 말이 이해가 된다. 나폴리는 지저분하기 짝이 없는 쓰레기 천국이다.

몬테카시노는 베네딕토 성인이 '기도하고 일하라'는 베네딕토 수도회 규칙서를 만든 곳이다. 성 베네딕토(약 480~547)는 흔히 분도회라 불리는 베네딕토 수도회의 창시자이다. 성 베네딕토의 가장 위대한 업적은 수도원장으로 있으면서 수도생활에 필요한 사항들을 체계적으로 정리하여 베네딕토 규칙서를 만든 것이다. 그의 규칙서는 이전에 존재했던 규칙들을 참고하는 한편, 성인이 직접 경험한 수도원 생활을 정리한 것이다. 규칙의 핵심은 가난, 청빈, 복종, 전례의 중요성에 대한 강조로 이루어져 있고 이후 모든 수도회의 기본 규칙이 되었다.

나는 베네딕토 성인과 스콜라스티카 성인이 쌍둥이 남매였다는 사실을 오늘에서야 알았다. 본당 성가대 지휘자 본명이 스콜라스티카인데 성인의 무덤이 있는 이곳에 오자 그 자매가 생각났다. 아버지를 모시고 사는 자매인데 내가 순례길에 오른 뒤 아버지가 돌아가셨다는 연락을 받은 터였다. 수도원으로 들어서자 비가 억수같이 퍼붓는다. 스콜라스티카 성녀는 어렸을 때 이미 자신의 삶을 하느님에게 바치기로 결심하고 일찍부터 수비아코의 수녀원에 들어가 생활했으며 나중에는 몬테카시노 기슭의 푸마롤라에서 수도생활을 했다. 스콜라스티카와 베네딕토는 두 수도원의 가운데 있는 한 집에서 정기적으로 만났다고 한다. 마지막 만남이 있던 날 스콜라스티카는 수도원으로 돌아가려는 오빠에게 밤새워 영적인 문제에 대해서 이야기를 나누자고 했으나 베네딕토는 수도원의 규율을 어길 수 없어 돌아가려고 했다. 스콜라스티카가 기도를 올리자 하느님은 그녀의 기도를 들어주어 갑자기 무서운 폭풍이 몰아치게 하여 베네딕토는 밤새 그 집에 머물러 있을 수밖에 없었다. 베네딕토가 몬테카시노의 수도원으로 돌아간 며칠 뒤 베네딕토는 스콜라스티카의 영혼이 비둘기 형태로 하늘로 올라가는 것을 보았다. 남매가 지상에서 함께 보낸 마지막 밤이었던 것이다.

우리가 미사를 봉헌하기로 예정되어 있던 경당에서 먼저 온 팀이 미사를 드리고 있는 바람에 우리는 무덤 밑 경당에 들어가게 되었다. 복음은 "주님께서 메시아시며 하느님의 아드님이심을 믿습니다"라는 마르타의 고백이다. 갑자기 번개가 번쩍 하더니 이어 우르릉 쾅쾅 천둥이 치고 정전이 되었다. 어둠 속에서 신부님은 "정말 소중한 것을 주시기 위해 불편함을 주신다"고 말씀하셨다. 오늘 신부님이 뒷주머니에 손을 넣었더니 지갑이 있어야 할 자리가 텅 비어 있더란다. 모니카 자매에게 지갑 못 보았느냐고 했더니 못 보았다고 하고, 모니카가 쥬세뻬에게 연락하는 잠깐 사이, 복잡한 머릿속으로 어제 신자들에게 말로만 하는 감사가 아니라 자신의 존재 자체를 봉헌해야 한다고 했던 말이 스치더란다. 마음을 비우자 카타리나 자매가 지갑을 주웠다며 가지고 왔다. 신부님은 가벼운 소동을 즐겁고 기쁘게 치르면서 배우기도 하고 깨닫기도 하였다면서 이런 게 '사랑의 놀이'라고 말씀하셨다.

내가 존경하는 베네딕토 형제님은 내게 9일 기도를 가르쳐 주신 분이다. 베네딕토 성인의 무덤 앞에서 그 형제를 위해 기도하였다.

빗발이 성기어진 저녁 6시 반, 우린 로마를 향해 떠났다.

2011. 7. 30. 토
로마 성 베드로 대성당

숙소가 베드로 성당 뒤편이라 아침에 일어나자마자 발코니로 나가 베드로 성당부터 확인하였다. 미켈란젤로가 베드로의 영혼을 하늘에 오르게 하기 위하여 136미터의 돔을 지었다는 베드로 성당은 뒷모습도 당당하다. 오늘은 새벽 7시 미사를 베드로 성당에서 드리기로 하였다. 늘 사람이 빼곡하게 들어차 있는 모습만 보았지 베드로 광장이나 성당이 이렇게 텅 빈 걸 본 적이 없다.

웅장한 성당에 들어서자 자신의 존재가 훨씬 작게 느껴진다.

우리에게 배당된 경당은 베드로 사도의 무덤 앞이다. 복음은 헤로데가 요한의 목을 베게 한 일화로 악이 어떻게 작동하는지를 보여주시는 말씀이다. 신부님은 감회 어린 목소리로 당신 또한 이 경당에서 미사 드리는 것은 처음이라고 하신다. 오늘은 '코메디아 디비나'가 핵심어이다. 내가 아무리 고통스러워도 웃으면서 다른 사람의 고통을 위로해 줄 수 있을 때 진정한 예수님의 제자가 된다는 것이다. 내 고통에도 불구하고!

내일 하루가 더 남았지만 오늘 베드로 성인의 유해가 묻힌 이 성당에서 드리는 미사가 6개월을 준비한 순례여행을 마치고 드리는 파견미사 같다고 하신다. 예수님은 "가거라. 나는 이제 양들을 이리 가운데로 보내는 것처럼 너희를 보낸다"며 제자를 파견하셨다. 예수님은 "어떤 집에 들어가거든 먼저 '이 집에 평화를 빕니다' 하고 말하여라. 그 집에 평화를 받을 사람이 있으면 너희의 평화가 그 사람 위에 머무르고, 그렇지 않으면 너희에게 되돌아올 것이다"라고 말씀하셨다. 순례 이전과 달리 이제 나는 베드로 성당에서 베드로 사도가 지켜보는 가운데 베드로 사도의 후계자인 시몬 신부님이 파견하는 사람이다. 내가 만나는 모든 사람에게 예수님의 평화를 빌 것을 마음 깊이 새겨 넣는데 신부님이 준비한 세 번째 선물이 주어졌다. 교황님의 강복장이다. 기름종이에 쓰인 강복장의 내용은 "하느님의 은총이 김상훈 안드레아와 정순진 크리스티나의 가정에 풍성히 내리기를 교황 성하가 온 마음을 다해 축복합니다"이다. 너무 큰 선물이라 이런 귀한 선물을 받을 자격이 있는지 두려워진다. 살아가는 내내 오늘의 이 감동을, 오늘처럼 기억하리라.

아침을 먹고 바티칸 박물관에 갔다. 이탈리아에 온 이후 가장 더운 날이다. 더위에 기다릴까봐 걱정하셨는지 최소한 30분은 기다려야 하는 바티칸에 5분 만에 들어갈 수 있었다. 벨베데레 정원에는 기독교 이전 그리스 로마 예술품들이 전시되어 있다. 아폴로 상, 라오콘 군상, 아테네 여인상이 대표적이다. 미켈란젤로와 괴테가 감탄했다는 '벨베데레의 토루소'도 보인다. 그 유명한 <천지창조>, <최후의 심판>이 소장된 시스타나 소성당은 사람이 꽉 차 있었다. 다행히 앉을 자리가 생겨 오래도록 그림을 보며 앉아 있었다. 나중에 영화 <E·T>에서 모방해 더 유명해진 저 아름다운 창조의 순간! 미켈란젤로는 정말 대예술가이다. 교황의 권위가 서슬 퍼렇던 시절, 천지창조를 창세기의 내용대로 그리지 않고 창조적 상상력으로 채워 넣은 걸 보면. 창조되는 순간과 심판 받는 순간이 한 자리에 있는 시스타나 소성당에선 누구라도 모든 생명의 시작과 끝을 동시에 묵상하게 된다.

베드로 성당으로 다시 왔다. 유일하게 미켈란젤로의 서명이 있는 조각, 피에타 상 앞에 섰다. 서른세 살된 아들을 둔 어머니라고 여기기에는 너무 젊은 성모님. 하지만 그 처연한 아름다움 앞에서자 가슴이 미어진다. 순례객들이 하도 만져 발이 다 닳아 없어져 다시 끼운 베드로의 청동상, 제대 앞 네 모서리에는 성녀 베로니카, 안드레아, 헬레나, 롱기누스가 서 있다.

오후에는 베네딕토 성인의 은수처였던 수비아코엘 들렀다. 수비아코는 깊은 산골로 베네딕토 성인이 기도생활을 한 동굴이 있는 곳이다. 동굴에서 3년간 은수 생활을 하신 다음 비코바로 수도원에 가셨다가 다시 수비아코로 돌아오셔서 그 주변에 12개의 공동체를 세우셨는데, 지금은 '성녀 스콜라스티카 수도원'만 남아 있다. 프란체스코 성인도 이 거룩한 동굴을 방문하셨다. 수비아코 동굴 성당에는 프란체스코 성인의 초상이 벽화로 그려져 있다. 수비아코 경당 축복식에 참석하여 복사를 서는 그림도 있고 아예 따로 전신상이 그려진 벽화도 있다. 그런데 프란체스코 성인의 벽화에 후광이 없다! 성인께서 오상을 받기 전의 모습을 그렸기 때문이다.

로마로 올라오는 길에 베로니카 자매님의 어머니가 돌아가셨다는 소식을 받았다. 가족들은 혼자 따로 들어올 수 없을 거라 여기고 연락하지 않았는데 친구를 통해 소식을 알게 되었단다. 자매님의 마음이 얼마나 안타까우랴. 우리가 할 수 있는 건 기도뿐이라 함께 묵주기도를 바쳤다.

저녁은 한인 식당에서 먹었다. 로마에서 성음악을 전공하고 계신 신부님과 라 베르나에서 만난 김누리 미카엘 신학생도 함께 했다. 오랜만에 한식을 배불리 먹은 뒤 시내로 나섰다. 캄피돌리오 광장과 산타 마리아 성당을 지나 베네치아 광장으로 갔다. 흰 대리석으로 된 비토리오 에마누엘레 2세 기념관이 위용을 자랑한다. 로마 사람들은 웨딩케이크라고 조롱한다지만 웅장하고 장대하다. <로마의 휴일> 이후 모든 사람이 아이스크림을 먹고 싶어하는 스페인 광장을 지나 가장 아름다운 분수라는 트레비 분수에서 다리를 쉬었다. 분수 주변에는 서로 다른 말을 하는 사람들이 왁자왁자하다. 조개껍질로 된 전차를 타고 있는 넵튠은 거칠 것 없는 표정이다. 하긴 거센 말과 온순한 말이 모두 넵튠의 지배 아래 있으니 무에 거칠 것이 있으랴. 미켈란젤로가 사람이 아니라 천사의 설계라고 했다는 판테온 앞에도 갔다. 정면의 기둥은 코린트 양식이라 섬세하고 화려하다. 철근을 쓰지 않은 것으론 최대 크기라는 돔이 올연하다. 르네상스 예술가들이 특히 사랑했다는 이 건물엔 르네상스기의 천재 라파엘로가 묻혀 있고, 이탈리아 통일의 주역이라 곳곳에 동상이 서 있는 비토리오 에마누엘레 2세도 묻혀 있다고 한다. 나보나 광장으로 나오자 여행객이 빽빽하다. 로마의 밤거리를 바람처럼 달음질쳤더니 이젠 다리가 들어 올려지지도 않는다. 몇몇은 마차를 타고, 거개의 사람들은 시내버스를 타고 숙소로 돌아왔다.

2011. 7. 31. 일

로마 성 바오로 대성당

오늘은 순례의 마지막 날, 성 바오로 대성당에서 미사를 드린다. 성 바오로 대성당은 화강석 원기둥을 세웠는데 사도 바오로의 강인한 성격을 반영하듯 강하고 힘차다. 한 손에 칼을 들고 다른 손에는 성서를 들고 서 있는 흰 대리석의 바오로상은 1893년에 세운 피에트로 카노니카의 작품이다.

들어가 보니 우리에게 배정된 장소는 베네딕토 성인 경당이다. 복음은 오병이어의 기적이다. 아, 순례 마지막 날 오병이어의 기적이 선포되다니! 예수님은 늘 '가엾은 마음이 드시어' 혹은 '불쌍하게 여기시어' 기적을 행하신다. 신부님은 순례는 준비에 따라 각기 다른 은총을 받는다고 말씀하신다. 빵 다섯 개와 물고기 두 마리, 이것으론 된다 안 된다 걱정하는 제자들과 달리 사랑은 계산을 뛰어 넘는 것, 예수님은 감사의 기도를 드리고 하늘에 맡기고 행하신다. 그러니 하느님을 믿는다면 미리 걱정하고 판단하지 말 것, 하느님은 다 예비해 놓으시는 분.

바오로 사도의 순교지 위에 세워진 세 분수 수도원에 갔다. 와글거리는 로마 시내의 번잡함과 달리 고요한 침묵이 흐르는 한적한 가로수 길을 따라 가자 손가락을 입술에 대고 쉿! 하는 듯한 베네딕토 성인이 서 있다. 침묵해야 자연의 소리가 들리고 하느님의 음성도 들리니 이 자리에서 가장 필요한 행위를 권하는 고마운

동상이다. 조금 더 걸어가자 하늘을 향해 두 팔을 벌리고 서 있는 끌레르보의 베르나르도 성인이 보인다. 성모님을 열정적으로 사랑한 성인은 늘 '아베 마리아'를 입에 달고 살았는데 어느 날 성모님께 '아베 마리아'라고 인사하자 성모님이 "아베 베르나르도!" 하고 인사하셨다 한다. 아치의 문에 '아베 베르나르도'가 씌어 있다. "아베 크리스티나!" 하는 반가운 음성이 들리는 듯하다.

트레 폰타네 바오로 순교 기념성당 안으로 들어간다. 아담한 규모에 너무나 고요하다. 바오로가 참수됐을 때 그의 목을 대고 잘랐다는 돌기둥과 솟아나는 샘물도 보인다. 베드로는 '십자가형'을 받았지만 로마시민이었던 바오로는 '참수형'으로 순교할 수 있었다. 전설에 따르자면 이곳에서 형리가 사도 바오로의 목을 자르니 머리가 세 번 튀었고 사도의 머리가 튄 자리마다 샘물이 퐁퐁 솟아났다고 한다. 이것을 형상화한 그림, 조각이 제대 가까이에 크게 걸려 있다.

점심을 먹고 콜로세움과 콘스탄티누스 황제의 개선문 부근에서 서성댔다. 수많은 사람들이 콜로세움에 들어가기 위해 길게 늘어서 있었으나 우린 겉모양만 보았다. 곳곳에 로마 시대 검투사 복장으로 모델들이 서 있다. 그늘에 앉아서 바닥을 찬찬히 살펴보니 전차 바퀴 자국으로 보이는 곳이 눈에 띈다. 갑자기 수만 명이 질러대는 환성과 맹수들 울부짖음이 들려 마음이 무거워진다.

부지런히 성 깔리스토 카타콤베로 갔다. 부제 깔리스토가 관리

하던 초기 기독교인의 안식처로 초기 기독교인의 영성을 느낄 수 있는 곳이다. 처음엔 단순히 묘지로 쓰다 순교자와 고인을 위한 추도 예배를 드리는 정도였으나 박해가 심해지자 미사를 봉헌했을 뿐 일반인의 생각처럼 공동체 생활을 한 곳은 아니란다. '작은 바티칸'이라 불리는 교황의 경당을 지나 음악의 수호성인 세실리아 경당에 갔다. 세실리아 성녀의 석관은 821년까지 이 자리에 있었다 하는데 지금은 조각품이 대신 누워 있다. 세실리아는 성가대에서 기도할 때마다 부르는 성인 이름이라 친숙하다. 누구인지도 모르고 이름만 불러대다 오늘 그 생애를 알게 되자 훨씬 속속들이 친해진 느낌이다. 신앙생활에서도 아는 게 힘이라더니 이런 체험을 이르는 경우구나 싶다. 채광창과 벽에는 양과 작은 십자가, 떡과 물고기, 깨어 있음을 상징하는 수탉, 성령의 상징인 비둘기, 희망을 나타내는 닻 등이 그려져 있어 그들의 소망을 전해 준다.

저녁을 먹기 전까지 성 요한 라떼란 성당, 성모 설지전 성당, 쁘라세데 성당, 성 계단 성당을 돌았다. 라떼란의 성 요한 대성당은 콘스탄티누스 대제가 어머니인 성녀 헬레나가 살고 있던 궁전의 일부를 밀키아데스 교황에게 제공하면서 교황의 첫 거주지가 되어 교황청이 1304년 프랑스 아비뇽으로 옮겨갈 때까지 천년 동안 교황청으로 사용되었으므로 '교황의 성당'이라고 불리며 현재도 로마 주교좌 성당이다. 성당 입구에는 '전세계와 로마의 모든 교회들의 어머니요 머리'라고 적혀 있다. 이 성당에 예수님이 최후의 만찬을 드신 식탁이 있어 매년 성 목요일이 되면 최후의 만찬 미사가 성당 중앙 제대에서 거행된다고 한다. 제대 위의 대형 감실에는 베드로 사도와 바오로 사도의 머리 부분 유골이 모셔져 있는 청동상이 들어 있다.

라떼란의 성 요한 대성당 건너편 광장에는 아씨시의 프란체스코 성인이 성당을 바라보며 기도하고 계신 상이 있다. 아씨시에서 여기까지 걸어와 수도회 인준을 받기 위해 기다리고 있는 모습이다.

성모 설지전 대성당은 산타 마리아 마죠레라고도 불리는데 서방 가톨릭 교회에서 최초로 성모 마리아에게 봉헌된 성당이다. 안에 들어가니 정면에 마센지오의 바실리카 기둥이 빛나고 특히 천장이 화려하다. 이 천장에는 콜럼버스가 신대륙에서 가져온 금이 사용되었다 한다. 지하계단을 내려가자 말구유 경당이 있고 교황 비오 9세가 구유를 향해 기도 드리는 석상이 있다. 이 성당 앞에 있는 쁘라세데 성당에는 쁘라세데 성녀의 유해를 모셔놓았는데 비잔틴 양식의 모자이크가 화려하고 예수님이 묶여서 채찍을 맞던 그 돌기둥이 모셔져 있다.

마지막으로 성 계단 성당에 들렀다. 헬레나 성녀가 가지고 온 빌라도 총독 관저의 대리석 계단으로 이루어져 있는데 보존을 위해 나무판으로 대리석 계단을 감싸 놓았다. 예수님이 재판을 받기 위해 한 계단 한 계단 오르셨던 그 계단을, 차마 걸어서 올라 갈 수 없어 무릎을 꿇고 한 계단 한 계단 기도드리며 올라가는 성당이다. 계단은 자신과 화해하지 못하고 있는 사람을 기억하며 기도하는 곳이라 한다. 그런 사람이 하나도 없는 사람은 자신과 화해를 청하며 올라가라는 말씀이었다. 한 계단 한 계단, 가깝게 지내면서도 잠깐씩 서운한 마음이 들기도 하는 사람들을 생각하며 올라가는데 갑자기 가슴이 창으로 푹 찔리듯 아프더니 한 사람이 머리를 점령한다. 가깝지도 멀지도 않은 사이인데 공적인 일로 딱 한 번, 서로 다른 입장에 섰던 사람이다. 특별히 불화하고 있다고 생각하지는 않았는데… 아, 바로 그 사람을 위해 기도하라고 이곳으로 이끄셨구나. 땀과 눈물범벅이 되어 스물여덟 계단을 다 오르자 몸은 후들거리는데 마음은 후련하다. 성계단 성당의 무릎 기도로 이탈리아 순례를 마무리하다니, 아아, 당신이 아니라면 누가 이렇게 마련하실 수 있으랴.

순례여행이 뭔지도 모르고 줄레줄레 따라나섰기에 당황하기도 하고 생소하기도 한 건 사실이다. 하지만 몰랐기에 용감하게 따라나서 이제까지의 삶을 돌아보고 새롭게 태어나기 위한 준비를 할 수 있었으니 얼마나 고마운지 모르겠다.

12박 13일의 순례를 6개월이 넘는 동안 꼼꼼히 준비하고 일행을 지도하신 김홍식 시몬 신부님, 신부님과의 친분으로 말도 안 되는 일정을 수용해 준 여행사 이주연 카타리나 자매님, 숙소나 미사 예약은 물론이고 유적지 소개에서 성인의 일대기, 성가 특송까지 이탈리아에서의 모든 일정을 책임져 준 백정빈 모니카 자매님, 함께 순례한 모든 형제자매님, 다 고맙습니다.

여러분이 덕을 나누어주셔서 순례를 무사히 마쳤습니다. 언제 어디서 만나건 함께 순례한 사람이라는 말이 부끄럽지 않도록 노력하며 살겠습니다.

이 모든 일이 당신이 허락하지 않으셨다면 어찌 이루어지겠습니까? 부당한 저를 초대해 주시고, 제 마음으로 찾아와 주신 분, 찬미와 흠숭 받으소서!

(2011)